AF202654

Tucholsky Wagner Zola Scott Sydow Freud Schlegel
Turgenev Wallace Fonatne

Twain Walther von der Vogelweide Fouqué Friedrich II. von Preußen
Weber Freiligrath Frey

Fechner Fichte Weiße Rose von Fallersleben Kant Ernst Frommel
Richthofen

Engels Fielding Hölderlin
Fehrs Faber Flaubert Eichendorff Tacitus Dumas

Feuerbach Maximilian I. von Habsburg Fock Eliasberg Zweig Ebner Eschenbach
Ewald Eliot Vergil

Goethe Elisabeth von Österreich London
Mendelssohn Balzac Shakespeare Dostojewski Ganghofer
Trackl Lichtenberg Rathenau Doyle Gjellerup
Stevenson Tolstoi Hambruch
Mommsen Thoma Lenz Hanrieder Droste-Hülshoff
Dach Verne von Arnim Hägele Hauff Humboldt
Karrillon Reuter Rousseau Hagen Hauptmann Gautier
Garschin Defoe Baudelaire
Damaschke Descartes Hebbel
Hegel Kussmaul Herder
Wolfram von Eschenbach Dickens Schopenhauer Rilke George
Bronner Darwin Melville Grimm Jerome
Campe Horváth Aristoteles Bebel Proust
Bismarck Vigny Barlach Voltaire Federer Herodot
Gengenbach Heine
Storm Casanova Tersteegen Grillparzer Georgy
Chamberlain Lessing Langbein Gilm
Brentano Gryphius
Strachwitz Claudius Schiller Lafontaine
Katharina II. von Rußland Bellamy Schilling Kralik Iffland Sokrates
Gerstäcker Raabe Gibbon Tschechow
Löns Hesse Hoffmann Gogol Wilde Vulpius
Luther Heym Hofmannsthal Klee Hölty Morgenstern Gleim
Roth Heyse Klopstock Goedicke
Luxemburg Puschkin Homer Kleist
La Roche Horaz Mörike Musil
Machiavelli Kierkegaard Kraft Kraus
Navarra Aurel Musset Moltke
Nestroy Marie de France Lamprecht Kind Kirchhoff Hugo
Laotse Ipsen Liebknecht
Nietzsche Nansen Ringelnatz
Marx Lassalle Gorki Klett
von Ossietzky May Leibniz
vom Stein Lawrence Irving
Petalozzi Platon Knigge
Sachs Pückler Michelangelo Kafka
Poe Kock Korolenko
de Sade Praetorius Liebermann
Mistral Zetkin

Der Verlag tradition aus Hamburg veröffentlicht in der Reihe **TREDITION CLASSICS** Werke aus mehr als zwei Jahrtausenden. Diese waren zu einem Großteil vergriffen oder nur noch antiquarisch erhältlich.

Symbolfigur für **TREDITION CLASSICS** ist Johannes Gutenberg (1400 — 1468), der Erfinder des Buchdrucks mit Metalllettern und der Druckerpresse.

Mit der Buchreihe **TREDITION CLASSICS** verfolgt tradition das Ziel, tausende Klassiker der Weltliteratur verschiedener Sprachen wieder als gedruckte Bücher aufzulegen – und das weltweit!

Die Buchreihe dient zur Bewahrung der Literatur und Förderung der Kultur. Sie trägt so dazu bei, dass viele tausend Werke nicht in Vergessenheit geraten.

Die Versuchung

Karl Gottlieb Samuel Heun

Impressum

Autor: Karl Gottlieb Samuel Heun
Umschlagkonzept: toepferschumann, Berlin

Verlag: tradition GmbH, Hamburg
ISBN: 978-3-8472-3835-5
Printed in Germany

Text der Originalausgabe

H. Clauren

(Karl Gottlieb Samuel Heun)

Scherz und Ernst

Die Versuchung

Dresden und Leipzig,
in der Arnoldischen Buchhandlung. 1826.

1.

Die erste Bombe.

Die trigonometrischen Größen, lehrte mir mein Herr Professor, und legte dazu, im Eifer für das schwere Studium der Mathematik, beide Zeigefinger an die Nase: machen eine eigene Art von transcendenten Größen aus. Du weißt, mein Sohn, was unter Sinus versus, Tangente, Sekante, Cosinus u. s. w. zu verstehen ist; eben so weißt Du, daß man, wenn der Halbmesser eines Kreises, aequal 1 gesetzt wird, die Peripherie des Kreises in ganzen Zahlen nicht ausdrücken kann, und daß nur durch *Näherung* für die halbe Peripherie, durch Hülfe der Differenzial-Rechnung, die Zahl ... er nannte mir einen ungeheuer langen Decimalbruch,[1] den ich schon lange wieder vergessen habe, und schrieb ihn auf die große schwarze Tafel hin; ich starrte darauf ohne Sinn und Verstand, denn ich konnte heute nicht denken. Schon, weil die trigonometrischen Größen zu den *endlichen* gehörten, waren sie mir fatal; *die unendlichen* Größen – die hätte ich heute studieren mögen; ich weiß auch warum.

Mein Herr Professor war Witwer, und hatte sich eine Verwandte, Karolinchen Selber, zur Erziehung seiner einzigen Tochter und zur Führung des Hauswesens, aus der Ferne verschrieben. Lina war heute früh angekommen, und hatte mit mir so freundlich und herzlich gesprochen, und dabei ein Paar seelenvolle Blicke auf mich fallen lassen, daß meine gesammte höhere Mathematik zu Boden sank.

Ich mochte mich zusammen nehmen, so viel ich wollte, die verdammten Zahlen schwammen mit allen Wurzeln, Brüchen und Gleichungen, wie von einem Wirbel getrieben, durch einander, und mein Herr Professor, der mich in seinem Leben so zerstreut nicht gesehen hatte, fuhr vor Aerger über meinen gänzlichen Mangel an mathematischer Anstelligkeit, mit der Kreide auf der schwarzen Tafel hin und her, als ob er besessen wäre.

---

[1] Für Mathematiker bedarf es keiner Erwähnung, daß hier die Zahl 3,14159265368979... gemeint sey.

Ich dankte dem Schöpfer, als die Stunde der Erlösung schlug, eilte auf mein Zimmer, ärgerte mich über mich selber, weil ich heute durchaus nichts hatte begreifen können, und freute mich nebenbei, weil die allerliebste Nichte mich ihres freundlichen Wohlwollens zu würdigen geschienen. Nun sollte, meinte ich, das Leben hier im Hause erst erträglich werden; denn bis jetzt hatte ich vom Morgen bis zum Abend von nichts sprechen gehört, als von den Funktionen, Normalen und Subnormalen, von Winkeln, und krummen Linien, und von solchem trockenen Gute, daß ich im Stillen oft die ganze liebe Mathematik in das Pfefferland wünschte.

Mamsell Gustchen, die kleine Professorin, ein achtjähriges Kind, des Vaters Abgott, und von ihm auch dem Zahlenpriester Archimedes zum Opfer geweiht, machte mich mit ihrem verzweifelten Kopfrechnen gar toll, denn bei Tische, der einzigen Zeit, wo ich das Kind sah, war es dessen höchster Genuß, mir Exempel aufzugeben, die einen Hexenmeister, geschweige denn mich, in Angstschweiß versetzen konnten; so hatte das kleine heillose Gustchen mich erst gestern Mittag noch mit der Frage gequält, wie viel ich für 600 Thlr. Ochsen à 40 Thlr., Schweine à 5 ½ Thlr. und Schafe à 1 1/3 Thlr. kaufen könne, wenn die Zahl der zu kaufenden Stücke zusammen 300 betragen müsse.

Solche Kunststückchen sann die kleine Hexe zu Dutzenden aus, und vom Aufschreiben einer einzigen Zahl war bei ihr gar nicht die Rede; das alles machte sie in dem lustigen Lockenköpfchen ab, und wollte vor Lachen sterben, wenn ich mich stundenlang mit Räthseln quälte, die sie in fünf Minuten löste.

Ich zählte jeden Augenblick bis zum Abendessen, denn dann hoffte ich, die hübsche Nichte zu sehen; endlich erscholl der selige Ruf, und ich begrüßte Karolinen, die mit Gustchen und dem Herrn Professor meiner im Speisezimmer wartete, mit unverhehlter Freundlichkeit. Der Herr Professor stutzte über mein vertrauliches Wesen und fragte, ob wir einander schon kennten; ich platzte mit einem vorlauten: o ja! heraus; aber das jugendliche Herz, das sich von der Freude, endlich einmal ein zahlenloses frohes Wesen um sich zu wissen, erhoben gefühlt hatte, zog sich krampfhaft, als der Herr Professor kalt und trocken hinwarf, daß ein einziges Begegnen einen jungen Mann noch nicht berechtige, mit einer jungen, fremden Dame sich gleich auf einen solchen familiären Fuß zu setzen.

Das war die erste, feindliche Bombe, die in meine Natürlichkeit, in meine schuldlose Offenheit fiel; sie wühlte sich tief in den weichen, lockern Boden ein, platzte, und that unersetzlichen Schaden.

2.

Wie viel Ochsen?

Hätte mein guter Herr Professor, der ein grundgelehrter Mathematiker war, die unendliche Größe des menschlichen Herzens zu berechnen verstanden, er hätte jene Aeußerung nicht hingeworfen. Bis dahin hatte ich die Nichte wie eine Halbschwester, wie das Kind vom Hause angesehn, welches ich selbst war; jetzt aber, schien mir mein Verhältniß zu ihr anders gestellt zu seyn; ich sollte nicht herzlich, nicht freundlich, nicht unbefangen, nicht mit brüderlicher Hingebung ihr gegenüber stehen, sondern es sollte etwas zwischen uns geschoben werden, was uns in gehöriger Entfernung von einander halte.

Ich fühlte, daß ich über die unberechnete Bemerkung meines übergelehrten Rechenmeisters roth ward, und auf Lina's zarten Wangen glänzte der Purpur der meinigen im schwächern Wiederschein.

Ja, es war eine Kraft zwischen uns geschoben, aber wahrhaftig nicht die abstoßende, sondern die anziehende; und die Verheimlichung, die ich früher nie kannte, zog geschäftig wie eine Spinne, den ersten Faden zum Gewebe ihres Schleiers, über die Frühlingblüthen unserer Jugendgefühle.

Lina, die der wir gewordene Vorwurf nur nebenbei gestreift hatte, erholt, sich eher wieder, und sprach mit dem Onkel Professor von ihren Familien-Angelegenheiten; ich hörte den Ton ihrer Stimme mit Vergnügen; ihr Frohsinn, ihr freimüthiges Urtheil, ihr leichter Scherz gewann selbst dem ernsten Herrn Professor mehre Male ein kleines Lächeln ab, und ich vergaß über der Lebhaftigkeit ihrer Rede, über der Raschheit ihrer Bewegungen, und über dem Feuer, das ihr dabei aus den Augen blitzte, Essen und Trinken. Ihr geschmackvoller Anzug, das schwarze Ringelhaar, der blendendweiße Hals, das Stumpfnäschen – der ganz eigene Aufschlag des Auges, der kleine, süße Mund – ich mochte gar nicht weiter hinsehen, denn ich verdarb mir die ganze Nacht; das merkte ich im Voraus.

Wie viel Ochsen, fing Gustchen, ein neues Exempel im Kopfe, wieder an, und rüttelte mich aus meiner Verzückung; ich aber entgegnete in der Zerstreuung ihr eilig: Zehntausend, zehntausend! und die Kleine lachte laut auf, daß ich die Aufgabe gleich nach den ersten Worten schon gelöst glauben könne.

Aber Theodor, wo waren sie mit den Gedanken? sagte der Herr Professor verweisend, und ich erglühte von Neuem, denn ich grollte mit mir selbst, daß ich mein Geheimstes so unbedachtsam verrathen hatte. Noch, fühlte ich mit Beschämung, war der Schleier, den die Heimlichkeit zu spinnen begann, lange nicht groß und breit und dicht genug, um mich gegen jedes unberufene Auge zu sichern.

Ahnete Lina, wo ich mit meinen Gedanken gelebt hatte, oder war es ihre natürliche Gutmüthigkeit; sie sah mich, als ich nach einer Weile wieder aufblickte, so theilnehmend an, daß ich, um diesen Preis, vom Professor noch zehn Strafpredigten hingenommen hätte.

Nun sage, hob Gustchen an, und legte rechnend den Zeigefinger der Rechten, zwischen den Daumen und Zeigefinger der Linken: wie viel Ochsen?

O laß, fiel ich der Kleinen schmerzlich in das Wort: laß mich und Deine Ochsen heut' in Ruhe; mein Kopf ist mir so wüste, es ist mir, als wäre ich betrunken; ich glaube, ich finde mich heute nicht einmal im Einmaleins zurecht.

3.

Die Nichte.

Die Nichte sprach, zum großen Schrecken des Herrn Professors, der Rechenkunst allen Werth ab; sie hatte von Euler, Lambert, Kästner, la Grange, le Gendre, Newton und wie alle die Ehrenmänner heißen mochten, auf die, während des Abendessens, zufällig das Gespräch zwischen mir, Gustchen und dem Herrn Professor gekommen war, noch kein Wort gehört; von Decimal- und continuirlichen Brüchen, Logarithmen, Proportionen, unreinen quatratischen Gleichungen und dergleichen hochgelahrten Dingen, mit denen Gustchen umsprang, wie mit ihren Puppen, wußte sie keine Sylbe, und von den Wurzeln, über welche die Kleine sie prüfen wollte, kannte sie die eßbaren nur; die aber, welche Gustchen meinte, waren ihr böhmische Dörfer; sie schien aber auch darüber, daß sie in diesem Theile des Wissens ganz fremd sich bekennen mußte, nicht im mindesten verlegen: hätte ich, meinte sie in ihrer natürlichen Unbefangenheit, die sie ungemein lieblich kleidete: hätte ich von Jugend auf Unterricht darin gehabt, wüßte ich vielleicht ein Gleiches; aber da dies nicht der Fall gewesen, rechne ich mir's nicht zur Schande; auch weiß ich noch nicht recht, wozu das einem Mädchen nützen soll. Sonst waren die Mädchen nicht so gelehrt als jetzt; sie haben aber eben darum die Männer vielleicht mehr geachtet und geehrt; und der Glaube, daß die Männer im Wissen und Können viel höher stehen, als die Mädchen, ist wahrscheinlich der Grund gewesen, daß – – –

Nun? sagte der Herr Professor, und horchte der unerwarteten Deduktion aus dem Munde des süßen Naturkindes.

Daß, fuhr die Nichte, verlegen, in eine so zarte Materie gerathen zu sein, etwas zögernd fort: daß die Männer sonst treuer geliebt worden sind. Der Mensch schätzt in der Regel am Andern das, was ihm selbst abgeht; so lieben wir z. B. am Manne den Muth, die Tapferkeit, weil wir Schwächern uns in der Regel verzagt und feige fühlen. Darum macht auch der Krieger bei dem weiblichen Geschlechte das meiste Glück. Das liegt nicht im äußern Glanze seiner Tracht, denn nur die eitelste Thörin wird sich durch ein armseliges Flitterwerk, das kaum des Ausbrennens werth ist, blenden lassen, –

sondern einzig und allein in der Zuverlässigkeit, in der Ehrenfestigkeit, die wir bei Kriegeshelden voraussehen; die Achtung und Ehre aber, die sich ein *starker* Arm erwirbt, verdient, besonders in unsern friedlichen Augen, ein *kenntnisreicher Kopf* noch in weit höherem Grade. Die Frauen finden sich durch nichts mehr geschmeichelt, als wenn sie ein Mann von Kenntnissen und seiner Bildung vor andern ihres Geschlechts auszeichnet. Wären wir nun selbst Heldinnen, wäre es uns gelehrt und gegeben, den Degen in der Hand, selbst eine Schlacht muthig mit zu schlagen, so würden wir, sollte ich meinen, uns bei weitem nicht so achtungvoll zu dem Tapfern hinneigen; wir würden ihn als solchen ehren, nicht aber mit der Liebe umfassen, die ohne innige Achtung nicht bestehen kann. Auf gleiche Weise geht es auch mit unserem Wissen; sind wir dem Mann an Kenntnissen gleich, oder vielleicht gar überlegen, so ist die Ehrerbietung, die, in einer christlichen Ehe, der Frau gegen den Mann wohl ansteht nicht denkbar. Die Mädchen, die bei der heutigen Erziehung fast gar zu viel lernen, sind darum nicht glücklichere Frauen, als unsere Großmütter und Urgroßmütter, welche minder gelehrt waren, ihren Mann aber, gegen ihn selbst, ihren Schatz; gegen ihre Freundinnen, ihren Liebsten; und gegen die Dienstboten, ihren Herrn nannten. Wir alle loben die alte Zeit, wollen aber nicht zu ihrer Einfalt zurückkehren; wie würden unsere Modedamen lachen, wenn eine schlichte, ehrliche Frau zu ihrem Mann, mein Schatz, mein Liebster, sagte? Durch das größere Wissen stehen die Frauen jetzt höher im Range; sie machen die Herrschaft im Hause dem Manne streitig, und doch kann da nur einer Herr seyn, und darum geht es in unsern Häusern nicht mehr so still und friedlich her, als in der guten, alten Zeit, wo die Frau ihren Platz füllte, und nur so viel wußte als ihr nöthig war.

Wie alt bist Du denn jetzt, Linchen? fragte der Professor, seinen Ohren kaum trauend, das jugendliche Mädchen so altklug plaudern zu hören.

Neunzehn, erwiederte Lina, und blickte, den Grund der Frage ahnend, nieder, als schäme sie sich ihres vorlauten Geschwätzes.

Du sprichst, entgegnete der Herr Professor etwas spitz: als wärst Du fünfzig.

Leider, erwiederte Lina etwas ernster: habe ich in den letztem Jahren so manche Erfahrung gemacht, die vielleicht andern meines Alters fremd blieb.

Wohl Dir, wenn diese Lehrerin bei Dir an die Stelle der Erziehung getreten ist; sagte der Professor mit einem Blicke, als meine er, daß letztere nicht weit her gewesen sei. Das ertrug die Redefertige aber nicht; sie schien es darauf angelegt zu haben, uns ihre Ansichten, gleich beim ersten Eintritt in das Haus, unumwunden eröffnen zu wollen.

Meine Erziehung, hob sie, über des Onkels Bemerkung empfind-lich, von der Erinnerung an ihre verklärte Mutter, weich und ge-rührt, und dann doch wieder, nach ihrer eigenen Weise, naiv und drollig, an: meine Erziehung ist der einzige Nachlaß meiner guten, unvergeßlichen Mutter. Ich kann ein bischen schreiben und ein bischen lesen; in der Kirche singe ich recht gut; auch tanzten meine Bekannten lieber mit mir, als mit General-Superintendents schwer-fälligem Kordchen; aber wenn sie eine perfekte Köchin haben wol-len, wenn sie Eingemachtes wünschen, das Ihnen auf der Zunge zergeht, Torten und Gebackenes, wie es nur der Hof-Conditor lie-fert; Wäsche, so weiß wie Schnee; Kleider für Gustchen, die wie angegossen sitzen müssen; Blumen, Spitzen, Stickereien und andere feine Frauenarbeiten; – wenn Sie Ordnung im Hause und gute Bei-spiele für die Dienstboten verlangen, dann schicken Sie nur zu Karolinen. Glauben Sie, Herr Onkel, eine Frau, die *das* alles kann, ein fröhlich Gemüth im Herzen hat, und nach Gott nur ihren Gatten liebt, ist dem vernünftigen Manne willkommener und werther, als ein buchgelehrtes Ding, das sieben Sprachen spricht, acht Instru-mente spielt, alle neun Musen in der Tasche hat, und ohne zehn Anbeter nicht leben kann.

4.

Der Rosenstock.

Ich schrieb mir jedes Wort tief in das Herz, denn was sie gesagt hatte, war ja buchstäblich wahr. Wir hatten bisher immer ungenieß-bares Essen auf dem Tisch gehabt: Linchens Gerichte schmeckten, als kämen sie aus der fürstlichen Küche. Unsere Wäsche war bis dahin mit Kalk und schwarzer Seife behandelt und dermaßen ge-stärkt worden, daß man schier glaubte, einen spanischen Mantel, statt des Hemdes zu tragen; Linchen war kaum vier Wochen im Hause, und wir freuten uns alle über den Atlas, in den sie unser Linnen verwandelt hatte. Gustchen verlor sich vordem halb in ihren Kleidern, bald gingen ihr die Röckchen kaum über die Kniee; Lina zog das Kind mit Geschmack an, und fertigte ihren kleinen Staat einhändig mit so vieler Kunst, daß die Kleine, die sonst in der gan-zen Stadt das gelehrte Eulchen hieß, jetzt allgemein gefiel, und daß fast täglich nach ihren Kleiderschnitten von Müttern geschickt wur-de, die ihre Mädchen auch so niedlich angezogen wissen wollten. So viel Linchen auch in der Küche wirthschaftete, so legte das Mäd-chen doch keine Hand an irgend eine harte, schwere Arbeit, son-dern führte blos die Aufsicht, und darum hatte sie auch Händchen, um die sie eine Königstochter hätte beneiden können. Sie hütete den Schnee ihrer Lilienhand, wie sie sagte, blos, um das Spitzenklöppeln und die Stickereien, und all die feinen Arbeiten nicht zu verlernen, in denen sie Meisterin war, und bei deren Verfertigung sie so viel Geschmack als Geduld und Ausdauer zeigte; ihre Blumen waren so schön, daß selbst Kennerinnen sie nicht von ächt französischen unterscheiden konnten. Sonst hatte in unserem Hause alles unter einander gelegen, Bücher, Kleider, Tischgeschirr, Stiefeln, Wäsche, eins bunt über dem andern; manches Zimmer, namentlich das des Herrn Professors und das meinige waren seit Menschengedenken nicht gekehrt noch gescheuert worden; jetzt – alles wie abgeblasen, alles gemalt, tapezirt und geputzt, spiegelblank, daß es nur eine Lust war, sie zu sehen. Der Herr Professor wendete gegen alle die Neuerungen, und besonders gegen das Aufräumen in seinem Stu-dirzimmer, erschrecklich viel ein; doch Linchen kehrte sich daran nicht; sie ließ, als er den Rücken gewandt hatte, seine ganze Stube ausräumen und weißen, und wollte sich bald todt lachen, als er heimkehrte und über den Unfug bitter böse ward. Die Dienstboten aber welche den Herrn Professor tüchtig betrogen und mißbrauchten, und nun keine Lust bezeigten, der wie vom Himmel Gefallenen zu gehorchen, schaffte Lina unverzüglich ab und miethete andere, die sie durch ihr freundliches Wesen, durch anständigen Lohn, und durch möglichste Bewilligung persönlicher Freiheit so zu gewinnen wußte, daß sie für das Mädchen in's Feuer gegangen wären. Und das alles that sie ohne Geheiß und Auftrag des Herrn Professors; sie hatte ihm blos, bald nach dem Eintritt in das Haus, aus einander gesetzt, daß in diesem eine schlechte Wirtschaft sey, daß er mit all' seiner Rechenkunst auf diese Weise zu Grunde gehen müsse, und daß sie es für Pflicht halte, ihm die Sorge für sein Hauswesen abzunehmen. Dann handelte sie, statt zu fragen. Das alles stand der Lina so hübsch, daß man sie nur im Stillen beobachten durfte, um ihr gut werden zu müssen.

Manche Mädchen oder Frauen der Art eifern und prahlen mit dem, was sie leisten und sprechen unausgesetzt von dem Kreise ihrer Wirthschaft. Das alles war bei diesem seltenen Mädchen nicht der Fall. Linchen trällerte, wenn sie durch das Haus flog; bat, wo sie befehlen konnte; scherzte frohsinnig mit Allen innerhalb der Schranken des Anstandes, behandelte, scheinbar, was sie trieb und that als Nebensache; benahm sich so anspruchlos, und erwähnte des vielen, was sie von früh fünf Uhr an, bis spät gegen Mitternacht, täglich verrichtete, mit keiner Sylbe.

Das alles war groß und lobenswerth, aber Mehres bedrückte seit jenem ersten Abend mir doch die Seele, daß ich nicht wieder so traulich werden konnte, als in dem ersten Augenblicke unserer Bekanntschaft. Erstlich hatte sie dem Wehrstande, nach meinem Gefühl, zu sehr das Wort geredet. Bestimmt hatte sie unter irgend einer Fahne einen Heldenschäfer, der ihr Herz in Beschlag genommen hatte; zweitens that sie gar nicht, als ob ich in ihren Augen den mindesten Werth hatte; sie übersah mich, und nahm von den süßen Regungen, die mir die Brust schwellten, nicht die geringste Notiz; und dann hatte Lina, in jenem Gespräche mit dem Onkel, der bittern Erfahrungen erwähnt, die sie für ihr Alter schon gemacht haben wollte. Das alles entfremdete mich dem Mädchen; aber daß es mein Ernst nicht war, daß ich dem Kinde doch wohler wollte, als ich mir einbildete, es zu sein, beweist mir eben der Aerger über diese Gleichgültigkeit.

Wäre mir nur ein einziger Freund in der Welt geworden, dem ich mich hätte anvertrauen können. Aber außer dem Herrn Professor und dem Fürsten, der mich bei ersterem seit einem Jahre erziehen ließ, kannte ich in der ganzen Residenz keinen Menschen.

Es mag wohl auf diesem Erdenrunde kein niederdrückenderes Gefühl geben, als das, nicht geliebt zu seyn; ich hätte für Linchen mein Leben aufgeopfert, und sie that gar nicht als ob ich in der Welt wäre; ich ergrimmte über mich selbst, daß ich so schwach war, konnte mir aber nicht helfen.

Wenn mir der Verdacht wegen des heimlich geliebten Kriegshelden, und wegen der bewußten Erfahrungen auch noch so schwer aufs Herz fiel, und ich die Engelgleiche sah, so war doch aller Groll vergessen, und ich huldigte ihr im Stillen mit solcher Glut, daß ich oft vor mir selber erschrak.

Ich wußte, die Schneekalte hatte Blumen gern; ich sparte also von meinem knapp zugezählten Taschengelde, durch Entsagungen aller Art, bis ich so viel erspart hatte, daß ich ihr einen vorzüglich schönen Rosenstock kaufen konnte. Er kostete mich das Frühstück von zwei Monaten. Ein und sechszig Tage hatte ich früh nur klares Quellwasser getrunken; in alle Gassen der Residenz war ich gelaufen; mein Stock trug aber auch über dreißig der frischesten Knospen und zwei volle aufgeblühte Rosen; ich trug meinen Reichthum selbst nach Hause; wie hätte ich diese Herrlichkeit fremden Händen anvertrauen können! Ich sah Linchens holde Verwirrung; die Verlegenheit, wie sie mir danken solle, war mein Triumph, und ein Kuß – vielleicht ein Kuß, mein Lohn; oder – erstieg mein Glück auch diesen höchsten Gipfel nicht, so mußte Lina, die meine beschränkten Umstände kannte, doch wenigstens aus dem Opfer, auf die Größe der Liebe, mit der es gegeben worden, schließen, und von Stund' an ein wohlwollendes, beachtenderes Verhältniß zwischen uns statt finden lassen.

5.

Die Schleppe.

Mit schwärmerischem Entzücken hing mein Blick an den sich mir vor der Nase wiegenden Knospen; da fuhren mir drei bis vier Paar Beinkleider von hinten zwischen die Arme; der Topf glitt mir aus den Händen, stürzte vor mir hin und zerplatzte in tausend Stücken; in demselben Augenblick erhielt ich meuchlings einen so ungeheuern Puff, daß ich vorn überschoß, zwei, drei Schritte weit, über meinen unglücklichen Rosenstock wegpurzelte, der Länge nach hinfiel, und unter mir nichts als Westen, Pantalons, Fraks und dergleichen fühlte. Auf mir aber lag eine Riesenlast; Geschrei und Gelächter erscholl von allen Seiten, und aus dem Gräfl. Gormischen Pallaste, vor dem ich eben vorbeigegangen war, rasselte eine prächtige Equipage. Alles brüllte: halt! halt! die Pferde standen; ich arbeitete mich aus der unbegreiflichen Garderobe heraus; wälzte die unbekannte Größe vom Rücken, blickte nach meinem Rosenstock und dachte, der Schlag sollte mich auf der Stelle rühren, denn er lag quer vor dem Thore des Pallasts; die Equipage war darüber gefahren, und hatte Knospen, Blätter, Zweige, mit einem Worte alles zertrümmert.

Aus dem Wagen sah ein Engels-Mädchen und lachte.

Ja, ich mußte jetzt selbst mit lachen, als ich sah und erfuhr, wie das alles gekommen war.

Während ich mit meinem Rosenstock zärtlich und behutsam, und die Augen freudig auf seine Knospen-Pracht geheftet, vor dem gedachten Pallast vorbei gehe, stampfen eben ein Paar mächtig große, wilde Pferde im Thorwege, und sind im Begriff, mit ihrer Gebieterin in der glänzenden Karosse, heraus zu stolziren. Ein Trödeljude, der mir auf dem Fuße folgt, denkt, die beiden großen schäumenden Thiere werden ihn in den Staub treten, und ihm, sammt seinem fliegenden Kleiderschranke auf Arm und Achsel, den Garaus machen; Er drängt und schiebt also mich, seinen Vordermann, in der Angst vorwärts; ich erschrecke über die Pantalons, die mir bei der Gelegenheit unter die Arme geklemmt werden, lasse den Rosenstock aus den Händen fallen, stolpre darüber weg, will mich halten und kann nicht und purzle am Ende zu Boden; der alttestamentarische Kleiderhändler aber, den die Ruinen meines Rosenstocks zu Falle bringen, schlägt seine Lerche dicht hinter mir, plumpt im Augenblick, wo ich stürze, mir auf den Rücken, und schüttet sein ganzes Waarenlager so jähling über meinen Kopf, daß die Garderobe noch eher auf die Erde kommt als ich.

Der Jude, dem kein Finger gekrümmt war, jammert, als wär' er seines ganzen zeitlichen Glücks verlustig gegangen, blos, weil seine Haderlümpchen dem Straßenkothe ein wenig zu nahe gekommen waren.

Er warf die ganze Schuld auf mich und meinen seligen Rosenstock; meinte, daß er, ohne meine Dazwischenkunft, nicht gefallen wäre, und drang auf Schadenersatz, Schmerzengeld und Versäumnißgebühren. Der Unchristliche verlangte drei Thaler; lieber Gott! ich konnte nicht über einen blutigen Heller gebieten. Aber ich mußte doch lachen.

Das junge, schöne Mädchen im Wagen zog ihr goldig-glänzendes Börschen, rief den Juden an sich, und gab ihm einen Dukaten. Dazu sagte es unter lautem Lachen: Aber nun geh' auch, und laß den armen, jungen Menschen in Ruh', denn der ist ganz unschuldig; ich, ich allein war die Ursache des Unfalls.

Der Jude bückte sich bis zur Erde, und dankte der allergnädigsten Gräfin. –

Also eine junge Gräfin Gorm war der wunderholde Unhold, der mir meine Freude, meine Hoffnung, mein sauer erworbenes Gut so schrecklich vernichtet hatte? – Und doch, – war es der Respekt vor der Gräfin, oder die Zaubergewalt dieses himmlischen Blondchens, – doch konnte ich dem gräflichen Rabenkinde nicht zürnen, ich bückte mich – sie hatte mich ja von den lästigen Ansprüchen des Trödeljuden befreit, – tiefer noch als dieser, ob ich gleich weder Schmerzengeld, noch Entschädigung bekommen hatte.

Sie winkte mir jetzt an den Wagen, wollte mich sprechen, konnte vor Lachen nicht, schämte sich dieses Reizes, hieß den Kutscher fahren und entschwand meinen Augen.

Wohl wurmte mich das; – aber, als ich mich recht besah, fand ich das Kichern der siebzehnjährigen, lebenslustigen Gräfin natürlich. Hinten hing mir am Rocke ein Paar rothgestickter Husarenhosen, und an diesen eine weißatlassene Bratenweste; beide waren immer hinter mir drein geschwänzelt, ohne daß ich es, mit meinem Unglück, mit dem Juden und der Gräfin viel zu viel beschäftigt, gewahrt hatte, und eben jetzt, da ich mich dem Wagen der Gräfin näherte, badete sich der Zipfel meiner Schleppe, die weiße Atlasweste, in einer molkigen Straßenpfütze. Ich hätte es noch nicht gemerkt, wenn nicht der Jude, der bis jetzt auf das Pack seiner Kleider, die Gräfin und den Dukaten die Augen gehabt hätte, mir in Rücken und Flanke gefallen wäre und ein neues Klagelied angestimmt hätte. Er entschleppte mich, rang die Atlassene über der Pfütze aus, die Hände über dem Kopfe, und foderte nun von mir den Werth der Weste, für die er selbst zehn Thaler gezahlt haben wollte. Ich war mehr todt als lebendig. Aber die Umstehenden hielten Gericht.

Ein Bierschröter – ich werde das Bild dieses Gottgesandten nie vergessen; eine Brust, wie die große Glocke in Erfurt; eine Stimme, wie der Donner im Gebirge, und eine Faust, gegen die eine Löwenklaue oder eine Bärentatze zum Kinderpatschchen ward – stellte sich zwischen uns. Der Mensch hatte bestimmt weder die Institutionen noch die Pandekten gelesen, aber er hätte unbedingt der Chef jeder Gesetz-Commission werden können, einen so klaren Sinn hatte er für das Recht, und so deutlich verstand er sich auszudrücken; seine Festsetzungen bedurften keiner anderweiten Edikte und keiner Erklärungen.

Trödelsatan, sagte er, und faßte meinen Quäler an der Brust: das Weibsen im Wagen hat dir zehnmal mehr gegeben als du verdientest. Für seinen Rosenstock hat der Mosje hier nichts gekriegt. Du bist eigentlich am ganzen Exzesse Schuld, ich war bei der Geschichte vom Anfang an. Hättest du mit deinen Lappen dich nicht auf ihn gehuckt, so lebte der Rosenstock noch. Für deine Weste hast du in der letzten Auktion sechs Groschen gegeben, ich stand neben dir, als sie dir dafür zugeschlagen ward; also nur nicht gemuckt – Mosjechen, gehen Sie in Gottes Namen, der Hallunke hat von Ihnen nichts zu fodern.

Beide Partheien appellirten nicht, und so ward das Urtheil rechtskräftig.

6.

Das Stelldichein.

Hatte Lina meine Leidensgeschichte erfahren und geahnt, daß der Rosenstock zu ihren Füßen blühen sollte, oder war es Zufall. Sie zeigte sich jetzt viel achtsamer gegen mich; ich mußte ihr Federn schneiden; sie fragte mich nicht selten, wie dies und jenes Wort geschrieben werde, und am Ende gab sie mir gar ihre Haushaltrechnung zur Durchsicht und Berichtigung. Letzteres war eine herkulische Arbeit; denn ich hätte den wohl sehen mögen, der zu erklügeln im Stande war, was Ansätze, wie folgende, heißen sollten:

Vier Zwiewel zu Früh Kaße 01 fürmich kühn 4 Gr. wenicher 1 treuer, vier 1 Väßgen Puder 3 Daler Sarthellen zum Fristikk 6 Kroschen.

Dabei hatte sie alles nebeneinander geschrieben, so daß ich sehr oft nicht heraus kommen konnte, und sie selbst über dies und jenes fragen mußte.

Daß Sie stecken bleiben würden, habe ich gleich gedacht, sagte sie verlegen lächelnd und ward roth: aber es ist recht hübsch von Ihnen, daß sie mich nicht auslachen, sondern Geduld mit mir haben; richtig ist alles, darauf können Sie sich verlassen. Meine Mutter – setzte sie verschämt und ernster hinzu: war sehr arm, – Schreiben und Rechnen habe ich ohne Anweisung gelernt, ich habe ja auch gleich den ersten Abend, als wir mit einander aßen, ehrlich und offen gestanden, daß ich mich auf beides nur ein bischen verstehe.

Auslachen – ich armseliger Bursche, dieses liebenswerthe Mädchen auslachen! Was half es mir, daß ich von den Ordinaten und Abscissen, von den Coefficienten des Quadrats, von den Wurzelzeichen und den incomplexen Funktionen sprechen konnte, wie ein Papagei! ich fühlte zum erstenmale, daß die Antwort auf die Frage: was weißt du? viel leichter sey, als auf die: was kannst du?

Ich konnte ja noch nichts, womit ich nur mein Brot zu erwerben im Stande gewesen wäre, und das Mädchen füllte ihren Platz.

Dies Gefühl war es auch gewesen, was mich gedrückt hatte, ohne daß ich es mir selbst recht klar hatte machen können. Ich stand um viele Stufen tiefer als Lina; sie beherrschte mich von ihrer Höhe herab. Sie hatte mit ihrem hellen Hausverstande, mit ihrem scharfsehenden Mutterwitz vollkommen Recht, mich auszulachen, wenn ich auf meinen binomischen Lehrsatz, auf meine Parabeln und Hyperbeln, auf meine Parameter, Polygonalzahlen und den ganzen gelehrten Kram dick that, mit dem sich kein Hund aus dem Ofen locken ließ.

Jetzt aber, mit ihrem Rechenbüchelchen vor mir, stieg mein gutes Linchen um ein Paar Stufen von ihrer Höhe zu mir herab. Nun ward unser Verhältnis gleicher, und mit dem Augenblick auch traulicher.

Aengstigen Sie sich, hub ich beruhigend an, und wagte den ersten Kuß auf die zarte Hand, in der sie das Rechenbuch hielt: ängstigen Sie sich um der Kleinigkeit Willen nicht; Friedrich der Große war in der deutschen Rechtschreibekunst auch nicht ganz regelfest, und ist und bleibt darum doch der größte König seiner Zeit. Ich lese, bis auf wenige Hieroglyphen, Ihre Handschrift, wie in Kupfer gestochen, und weiß z. B. recht gut, daß Sie

für	Zwiebeln zum Fricassee	–		–		10 Pf.		
"	Kien				3 Gr.	9	"	
"	1 Fäßchen Butter		3 Thlr.	–		–	–	und
"	Sardellen zum Frühstück	–		6 Gr.		–	–	

mithin in Summa	3 Thlr.	10 Gr.	7 Pf.

ausgegeben haben, und –

Ach, wer so flink rechnen und so alles in Ordnung unter einander, und so nett und sauber schreiben könnte! fiel sie mir freudig lächelnd in das Wort.

Natürlich erbot ich mich, ihr den nöthigen Unterricht zu ertheilen, und wer die Höllen-Marter kennt, mit liebendem Herzen einem hübschen Mädchen Stunden zu geben, der wird wissen, welche Giganten-Last ich mir auf den Hals wälzte.

Der Herr Professor freute sich, daß ich, sein Schüler, schon so viel bei ihm gelernt hatte, um Andere wieder unterrichten zu können. Der gute Mann! tausendmal hatte er mir gesagt, daß die Mathematik dem Menschen den Kopf aufräume, und daß ein Mathematiker viel heller und schärfer sähe, als jeder Andere.

Diese Behauptung hatte ich bis dahin wie ein Evangelium geglaubt, und mir, auf meine mathematische Kunstsprache, die allen andern Leuten reines Kauderwelsch war, erschrecklich viel eingebildet; aber jetzt mußte ich seine Lobpreisung unserer hohen Wissenschaft in Zweifel ziehen, denn er war ganz stockblind.

Er sah nicht, wie mir es durch alle Glieder zuckte, wenn ich in der Schreibestunde ihre kleine Hand umfaßte, und sie die großen Buchstaben lehrte; er sah nicht, wie selig ich war, wenn ich in der Rechenstunde den Schieferstift, den sie eben mit dem Zungenspitzchen genetzt hatte, ihr, unter dem Vorwand, ein kleines Schnitzerchen verbessern zu wollen, aus der Hand nahm, ihn heimlich an meine Lippen drückte, und mir weiß machte, auf diese Weise ein Küßchen von ihr bekommen zu haben; er sah nicht, wie glühend heiß mir ward, wenn ich dicht neben dem reizenden Wesen saß, und der Schmelz ihres Blickes, das Lächeln ihres Rosenmundes und das Athemholen ihrer Schwanenbrust, mich so verwirrt machten, daß mir alle fünf Species vor den Augen flimmerten.

Jetzt übersetzte ich mir meine mathematischen Kunstregeln von den Tangenten, Sinus, transcendenten Größen, Funktionen, u. dergl. in mein eigenes Deutsch, und baute mir ein System der Mathematik zusammen, über das der hochselige Archimedes, hätte er es zu Gesicht bekommen, aus der Haut gefahren wäre; am meisten beschäftigte mich der Lehrsatz von der *Näherung*; diese gab mir den ersten, recht deutlichen Begriff von der angewandten Mathematik; ich wendete alle ihre Regeln auf mein Verhältniß zu Lina an, und trieb nun diese saftlose Wissenschaft mit Lust und Liebe.

Ich lebte nur in Lina; meine Liebe zu ihr war die reinste, die seligste der Welt.

Gustchen störte meinen innern Frieden.

Das kleine Ding winkte mir einmal nach Tische heimlich zu und flisterte in aller Gegenwart, und doch von Allen ungehört, leise vor sich hin: Sieben Uhr auf den Gang.

7.

Gustchen

Wer sich um sieben Uhr auf dem besagten Gange einfand, war ich, und wer zu gleicher Zeit von dem entgegengesetzten Ende kam, war Gustchen. Die Kleine erzählte mir heimlich, daß ein gräflich Gormscher Bedienter da gewesen, dem Vater etwas von einem, vor dem Hause zerbrochenen Rosenstocke erzählt, und ihm für mich ein Zehnthalerstück als Entschädigung eingehändigt habe; Papa aber, fuhr die Kleine fort: hat das Geld gar nicht angenommen und die Sache für ein Mißverständniß erklärt; da kam der Bediente wieder, und sagte, er sollte Dich zur Gräfin bringen; aber Papa erwiderte kurz angebunden: Du hättest keine Zeit. Sag einmal, Theodor, was ist denn das für eine Geschichte mit dem Rosenstocke?

Die vertrauliche Weise, mit der die kleine Schlaue mir das mittheilte; ihre großen, freundlichen Augen, die nach der Bestimmung des Rosenstocks zu fragen schienen; – die Möglichkeit, durch Gustchen, des Vaters Liebling, vielleicht doch noch zu jenem Schadenersatze zu gelangen, und der mit aller Zaubergewalt wieder aufwachende Gedanke an die wunderschöne, blonde Gräfin im Wagen, überraschten mich so, daß ich der Kleinen den verunglückten Rosenstock bestimmt zu haben versicherte.

Mir? sagte sie mit verklärtem Gesichte, und ward einen Zoll größer.

Wer zählt die Folgen, die oft eine einzige Lüge nach sich zieht. Die meinige war einmal heraus; zurücknehmen konnte ich sie nicht; aber ich sah, daß sie der Satan der Eitelkeit begierig auffing und sie tief in das Herz des kleinen Schlauköpfchens senkte.

Mir? wiederholte sie und lächelte, von der Idee süß geschmeichelt: das hätte ich nicht geglaubt! Ich hatte Dich mit jemand anderm im Verdacht, denn man hat ja auch seine Augen! Noch immer soll ich das kleine Kind seyn, das ich vor drei, vier Jahren war; soll noch platterdings mit Puppen spielen, Lili will es haben; aber ich werfe den Magister und den Husaren, das Ritterfräulein und die dicke Bürgermeisterin, kurz alle die dummen Puppen werfe ich heute noch in das Feuer; ich bin kein Kind mehr, und mag keins seyn.

Laß sie leben, fiel ich ihr bittend in das Wort: ich habe eben für Deinen Hofprediger die Traurede ausgearbeitet, die er bei der Feier der Vermählung des Husaren-Lieutenants –

Er ist Rittmeister! versetzte sie hastig.

– des Rittmeisters mit dem Fräulein morgen halten soll; die Dicke setzen wir bei der Tafel –

Schön, entgegnete Gustchen, sich vergessend: der Hofprediger muß nur dem Rittmeister den Text recht tüchtig lesen, das ist ein Leichtfuß. Seit einem Vierteljahre mache ich ihm jetzt den dritten Dollmann, und es ist Gott zu klagen, wie er schon wieder aussieht; die Bürgermeisterin kann auch nicht so bei Tafel erscheinen; ich habe noch ein Fleckchen *gros de Naples,* vielleicht reicht's zu einer Gallarobe; der Präsident hat keine Strümpfe, der Stiftsdame mangelt's am Unterrocke, und dem Minister ist neulich bei der Redoute die Perrücke verbrannt; Mamsell Schnips, wie Du die kleine Purzlige mit den rothen Augen nennst, hat sich die Nase beschunden, und der Jagdjunker sieht wie ein Ferkel aus. Unter acht Tagen kann die Hochzeit nicht seyn.

Gut, erwiederte ich mit erzwungenem Ernste: acht Tage kann das Brautpaar noch warten; müssen doch viel andere Jahre lang zusehn – (Gustchen schlug schamhaft die Augen nieder); – aber – – könntest Du es vielleicht beim Vater dahin bringen, daß ich zu der Gräfin dürfte, um das Goldstück zu holen, so würde ich zur Ausstattung Deines Fräuleins ein Erkleckliches beitragen.

Das ist mir ein Leichtes! rief die Kleine, auf die Schwäche des Vaters pochend, und flog nach seinem Zimmer.

8.

Das Paradies

Eigentlich handelte ich doch ein bischen schlecht. Die blonde wunderliebliche Gräfin im Wagen, oder vielmehr in meinem Kopfe, hatte mein Herz wie eine Wetterfahne gedreht; an Lina und Gustchen dachte ich nicht. Das holde Grafen-Gesichtchen ließ sich gar nicht von den Augen wegbringen, ich hatte es nur einige Minuten gesehen, und hätte es doch malen wollen; die Züge waren mir damals gleich so bekannt gewesen; mein Blick weilte auf dem Phantasiebilde der zarten Gräfin, mit einem dunkeln Gefühl der Erinnerung, und doch besann ich mich durchaus nicht, wo mir dieses reizende Wesen je erschienen seyn könne.

Mein heimathliches Dorf und das Endchen von der Residenz, war ja damals noch meine ganze Welt, und die Bewohner der Häuser, in denen ich hier verkehrt hatte, konnte ich an den Fingern herzählen – nirgends wollte sich da etwas von einer Gräfin finden! Bei Herrn Michaelis, meinem Clavierlehrer, hauste ein knochendürres Mamsellchen, das seine sechszig zählte; – bei Herrn Victorieux, meinem Tanzmeister, – halt – bei Herrn Victorieux! – da war, unter einem Chor junger Mädchen vom Theater, das ich einmal dort in der Tanzstunde traf, die goldgelockte Josephine, die leichte Hebegestalt mit dem großen blauen Auge, dem kurzen Rosakreppschürzchen, und dem verführerischen seidenen Mieder – das war die Gräfin Gorm, die im Wagen saß und lachte, die den Juden abfand, die mir jetzt den Doppelfritz zugedacht hatte. – Aber die Gräfin Gorm aus dem uralten Geschlechte der Scioldinger, aus dem Stammhause der ersten Dänen-Könige,[2] wie sollte die mit den Balletstatisten in der Tanzstunde des Herrn Viktorieux zusammen kommen!

---

[2] Die ersten Beherrscher von Dänemark, Norwegen und Schweden, waren bekanntlich Odin der Wunderbare, Rollo und Sciold. Ein Sprößling des letztern war Gorm der Alte, der im Jahr 920 Jütland eine Constitution gab, das ganze Dänenland seinem Zepter unterwarf, und von der Geschichte als der erste König von Dänemark genannt wird.

In dem Augenblicke trat der Herr Professor mit Gustchen aus seinem Zimmer. Er sah mild und freundlich aus, wie ich ihn lange nicht gesehen.

Du hast, hob er an: meiner Tochter mit dem Rosenstocke eine Freude machen wollen; dafür bin ich Dir Dank schuldig; aber sprich, wo hast Du das Geld hergenommen, ihn zu bezahlen?

Der Antwort absichtlich ausbeugend, bat ich, mich in Gustchens Gegenwart mit dieser Erörterung zu verschonen. Er nahm die Zartheit dieser Bitte mit Wohlgefallen auf, und sagte: zur Gräfin kannst Du nicht, dazu habe ich meine Ursachen. Der Graf, ein liederlicher Patron, hat einmal Unterricht bei mir nehmen wollen, ich wies ihn aus Gründen ab, und bin seitdem mit dem Hause zerfallen. Damit Du aber siehst, daß ich für die Aufmerksamkeit, die Du Gustchen bewiesen, auch dankbar seyn kann, schenk ich Dir diesen halben Gulden; Du bist noch nicht in der Oper gewesen; heute ist ein großes Meisterwerk. Eben hat es halb acht geschlagen: wenn Du läufst, kommst Du noch zu rechter Zeit.

Nur wer so blutarm ist, als ich es war, wird das Entzücken ermessen, das mich durchschauerte, bei dem Gedanken, heute – jetzt – diesen Augenblick die erste Oper zu sehen. Ich vergaß alles, das Goldstück, die Gräfin, Gustchens Puppenhochzeit, Lina, mich, küßte dem Professor die Hand, eilte auf mein Zimmer, und stürzte zum Hause hinaus.

Dicht vor dem Opernhause begegnete mir die Gräflich Gormische Equipage, die leer zurückfuhr. Also war meine Gräfin auch in der Oper! Wohl schnitt mir es durch das Herz, als ich die Pferde, den Wagen, den Kutscher, die Bedienten sah, die alle meinen Rosenstock vernichten halfen. Doch – hol' der Henker den Rosenstock, der ja doch einmal verblüht wäre; die Oper, die Oper!

Ich drängte mich an die Casse. Das gelöste Billet in der Hand, stürmte ich an die erste, beßte Thür.

Oho! rief ein auf mich zukommender Logenschließer: das ist die Gräflich Gormische Loge, die ist abonnirt.

Nun da will ich eben hinein, entgegnete ich, und hielt ihm mein Billet trotzig unter die Augen.

Sachte, sachte, erwiederte er mit einem spöttischen Blicke auf das Billet: Sie kommen höher hinauf.

Ich Mittelloser, noch höher als die Gräfin Gorm! dachte ich, und wußte nicht, wie ich vom Herrn Professor eine solche Auszeichnung verdient hatte; ich wäre gern unten bei der Gräfin geblieben.

Höher hinauf, sagte der Logensteher des zweiten Ranges, als ich ihm mein Billet wies, und ich ward fast verlegen, denn ich fürchtete, nun durch die übergroße Güte des Herrn Professors, in eine Gesellschaft zu treten, in die ich mit meinem Anzuge und meinem ganzen Wesen gar nicht paßte.

Noch eine Treppe, entgegnete der Logenwärter des dritten Ranges, und ich machte mich gefaßt, nun zum Fürsten selbst zu kommen, kam aber sogar ins Paradies.

Ich wurde eingelassen und merkte nun wohl, daß ich nicht zu Sr. Durchlaucht gelangt war, und daß – eine neue mathematische Regel – die vier weniger seyn könne, als die eins. Ein hektischer Schneider ward mein Nachbar; er piepte beim Athemhohlen hörbar genug, um mir die ganze Oper mit seiner verwünschten Gurgelei zu verleiten.

9.

Die Kunstverwandten

Links neben mir saß die Köchin des Kapellmeisters; sie hatte ein Freibillet, und sprach von der Kunst mit schauderhafter Salbung. Hinter ihr knabberte der Hofnotist, Herr Rostralewitsch, den ich vom Herrn Michaelis her noch kannte, an einer, wahrscheinlich von der Küchenhore ihm verehrten, altbackenen Bretzel. Nicht wahr, sagte sie, und bog sich, ihm ein Schnappsfläschchen bietend, nach hinten: nicht wahr, das heutige Stück ist eine Puff-Oper?

Der Notist setzte die Geistreiche an die Lippen, schluckte unersättlich und nickte.

Opera buffa, versetzte er verbessernd: *i fuorusciti,* von Paer; ein Riesenwerk, ich habe mir fast den Gliedschwamm daran geschrieben.

Das hat der Bär gemacht? erwiederte die Kapellmeister-Köchin. Ne, so was Prachtvolles giebt's nicht mehr.

Der Notist verschlang den Bretzelrest und setzte nun sein Lämpchen auf den Scheffel. Die ältesten Spuren der Opern, hob er im belehrenden Professortone an: finden sich schon im Buche Hiob und in den dramatischen Vorstellungen der Griechen; doch legten Galilei und Caccini eigentlich zur Oper den Grundstein. Die erste Oper hieß Daphne, der Text war von Rinuccini, die Musik von Perl; sie trat in der Mitte des funfzehnten Jahrhunderts an das Licht. Zwei Säkula später, 1660, erschien die erste deutsche Oper, die, sonderbar genug, auch Daphne hieß. Sie war von Martin Opitz, aus Bunzlau.

Wo der große Topf steht? fragte die Köchin?

Jener nickte und sprach – Schon im Jahr Christi 1593 spielte man in Leipzig die Oper Alceste von Thiemich, und das Opernhaus in Nürnberg ward 1692 mit der deutschen Oper Arminius eingeweiht. Wenn ich sonach den Ursprung der Oper aus der ehrwürdigen Ur- und Vorzeit herleite, und dreist behaupten darf, daß wir mit unsern Opern ewig leben, und hoffentlich in kurzem das Schau- Trauer- und Lustspiel von den Brettern verdrängen werden; so ist es zum

Todtärgern, wie sich ein, von der Saalnixe behexter, *Quidam* hat unterfangen können, die gleichsam von himmlischer Abkunft herstammende Oper, öffentlich ein Rührei von Unsinn und Noten zu nennen.

Ein Rührei? fuhr die Kapellköchin auf, und stemmte beide Arme in die Seite. Herr Hof-Notist, da würde ich meinem Herrn schön ankommen. Fastenspeisen darf ich ihm nicht auf den Tisch bringen. Nein! der ist fleischbegierig.

Der Kapellmeister klopfte jetzt eben im Orchester mit der Notenrolle auf das Pult; der Fürst trat ein, die Ouvertüre begann, und brauste von unten herauf, bis zur Höhe meines Paradieses, daß mich vor Freude ein Schauer nach dem andern überlief. Meine wortreichen Nachbarn verstummten.

10.

Signora Libertini

Mehremale schon hatte ich einen langen Hals gemacht, um die Gräfin Gorm zu sehen. Bei schönen Stellen nickte die Küchenvirtuosin dem Notisten, und der Schneider seiner dicken Freundin zu. Ich hätte auch gern jemand haben mögen, mit dem ich meine Freude über die herrliche Musik hätte theilen können; aber es war niemand zu erspähen. Warum durfte ich nun nicht neben ihr sitzen, wie hier diese zwei Pärchen, die sich in süßer Traulichkeit umschlungen hielten, und was sie genossen, doppelt schmeckten. Daß sie Gräfin und ich nichts war, *der* kleine Umstand fiel mir gar nicht ein; sie war ja so freundlich gewesen, sie hatte ja so huldvoll gelacht; sie hätte gewiß nichts dagegen gehabt, wenn ich als Nachbar sie umschlungen hätte. Meine Höhe und der Zauber der Töne machte mich in meinen Träumen so kühn, als ich mich nie gefühlt hatte.

Der Vorhang flog auf. Ich war ganz Ohr, ganz Auge. Noch vor wenig Minuten einer Blondine, meiner Gräfin Gorm zu Füßen, huldigte ich jetzt der schwarzgelockten Prima Donna, Signora Libertini. Die hehre Gestalt, die blühende Wange, das blendende Weiß des vollen, schönen Halses, der üppigen Achseln, des frei- und hochwogenden Busens – das italische, glühende Auge; die anmuthigen Bewegungen, und nun die Stimme – diese Götter-Stimme! – Die Diagonale von meiner Höhe bis zu ihr hinab, war sehr bedeutend, und doch hätte ich jedes Wort verstanden, wenn es nicht Italienisch gewesen wäre; so deutlich tönte ihr Metall zu mir herauf.

In der Bravour-Arie erschöpfte sie ihre Kunst; sie hielt unter andern Minuten lang einen Ton sicher und fest, gab ihn immer stärker und stärker, sprang dann eine ganze Oktave höher, stieg dann noch vier, fünf Töne bis zu einer schwindelnden Höhe hinauf, zog da oben wieder einen langen, schönen Ton aus voller Brust, und schlug nun einen Triller, daß ich den Athem verlor. – Der Beifall brauste stürmisch auf; die Köchin rief *Bravo!*

Ich konnte vor Entzücken kaum zu mir selbst kommen. Ich wähnte, bis dahin gar nicht gelebt zu haben. Wie hatte ich sonst gehorcht, wenn Cantors Christel bei mir zu Hause das empfindsame Liedchen sang:

Jungfer Lieschen, weißt du was,
Komm mit mir in's grüne Gras etc.

Aber was war das gegen die Sphärenzauber der göttlichen Libertini!

Der Hof-Notist bat sich bei der Köchin noch ein Schlückchen aus, und meinte, es sey ihm bei der letzten Cadenz selber ganz schwindlich worden, er müsse sich wieder Courage trinken; und wenn ich *der* Noten mache, setzte er schluckend hinzu: noch einmal so hoch, sie klettert mit ihrem Stimmchen, hol mich der Schneider! doch hinauf.

Keine Anzüglichkeiten! fiel der Kleidermacher empfindlich dem Hof-Notenschreiber in das Wort, und ward braunroth im Gesichte; die dicke Freundin aber beschwichtigte den Hektiker durch einen wohlgemeinten Ellnbogenstoß, durch den Zuruf: Hören Sie nur das ganz göttliche Rezitif, und steckte ihm einen dünnen Pfefferkuchen zu, auf welchem fünf Mandeln prangten.

Mich ekelten derlei liebliche Genüsse an. Für einen Kuß auf die reizvollen Lippen der Libertini hätte ich eine Welt gegeben. Doch, mir sollte noch Höheres werden.

11.

Das Ballet

Ein Corps Genien, denn Menschen waren das nicht, flog auf die Bühne. Vier und zwanzig der schönsten Mädchen und jungen Leute.

Das vermaledeite Ballet, brummte die Köchin: das ist noch meines Herrn Tod! Sie nippte an dem Rest des Doppelkümmels, den ihr der trockene Hofnotenschreiber in der Flasche gelassen, und sah vor reinem Kunstärger gar nicht hin; ich aber und der Schneider erklärten dieß für das Beßte, und ich riß die Augen weit auf, denn ich erkannte unter den Mädchen viele, die ich bei Herrn Viktorieux in der Tanzstunde gesehen hatte.

Jetzt bildeten die Genien einen Halbkreis, und mitten unter sie schwebte aus dem Hintergrunde eine Himmelsgestalt. Es war Psyche.

Das ganze Haus klatschte bei dem Auftreten dieses leichtgeflügelten Götterkindes. Die Reizende flog mit ätherischer Behendigkeit bis an's Proscenium, breitete beide Schwanenarme gegen das Parterre, ruhte auf der Federkraft ihres Zehenspitzchens, und lächelte mit lieblicher Freundlichkeit in das Haus. Da hielt sich Niemand länger; alles was Hände hatte, klatschte, und ich erkannte Josephinen.

Auch mich, bildete ich Dünkelvoller mir ein, auch mich mußte Josephine wieder erkannt haben, denn ich gewahrte mit geheimer, unaussprechlicher Freude, daß der Strahl ihres großen himmelblauen Auges mich in dem hintersten Winkel meines Paradieses traf, und wähnte, daß sie über den Zufall, mich so unvermuthet wieder gefunden zu haben, um eins so freundlich geworden sey. Ich nickte ihr aus meinem stillen Verstecke, hinter dem Schneider und seiner Dicken, mit süßen Liebesblicken zu; aber sie dankte nicht, denn eben kamen ihre Aeltern, der Sonnengott und Endelechia, und setzten ihr durch Pantomime auseinander, daß Venus, auf ihre Schönheit neidisch, den Amor beauftragt habe, ihr Herz einem häßlichen gemeinen Menschen zuzuwenden, daß sich Amor bereits nähere, und Psyche daher auf ihrer Hut seyn solle.

Die Aeltern verließen mit dem Gefolge die Bühne, und ließen – obschon der Sonnengott alt genug war, um zu wissen, wie es in der Welt hergehe – das süße Flügelkind allein.

Amor kam. Er nahte grämlich, hatte aber kaum die himmlische Psyche in das Auge gefaßt, so war er weg, rein verloren. Statt ihre Neigung einem Andern zuzulenken, fischte der Patron das Mädchen für sich selbst weg, und Josephine – der Blitz der Eifersucht zuckte mir durch alle Glieder – kam ihm viel zu schnell entgegen. Amor erschien, nach der heutigen Sitte der Großen, wenn sie auf schlimmen Wegen gehen, incognito. Sie wußte also nicht einmal recht, wen sie vor sich hatte, noch, ob das der wäre, vor dem sie die Aeltern gewarnt hatten, und doch that sie gleich mit ihm so freundlich, war gleich so hingebend, daß ich sie, in meinem preßhaften Winkelchen, gar nicht begreifen konnte. Beide tanzten ein kunstreiches *pas de deux*. Alles klatschte sich wieder die Hände wund, und schrie die Hälse heiser; ich mochte und konnte kein Glied rühren. Der Vorhang fiel und mir der Muth.

Im zweiten jetzt beginnenden Akte zog Papa Sonnengott das Orakel über das Schicksal seiner Tochter zu Rath. Das Unbegreifliche that einen schrecklichen Ausspruch: Psyche, tönte es tief aus der Erde herauf: Psyche ist einem geflügelten Drachen zur Braut bestimmt, führe sie auf die Gipfel der Berge, dort wird ihr Bräutigam sie finden. – Ein Donnerschlag, der mir und der Köchin das Herz durchbebte – denn wir beide schrieen zu gleicher Zeit auf – rollte furchtbar über uns hin, und ich hätte verzweifeln mögen, denn der Sonnengott gehorchte und führte, statt das geliebte Kind in seinen Sonnenwagen zu nehmen, und mit ihm über alle Berge zu fliegen, die unglückliche Josephine, in einem prachtvollen Trauerzuge, auf die Spitze eines Felsen.

Dieser, nun von allen verlassene Engel, dort auf dem Gipfel des öden himmelanstarrenden Felsen, sollte einem Drachen geopfert werden. Ihre Thränen, das Ringen ihrer Lilienhände, das stürmische Wogen ihres qualerfüllten Busens, der irre Blick, mit dem sie rund umher fragte, ob keiner sey, der sie errettete – nein, ich hielt es nicht länger aus – aber allein konnte und wollte ich das Wagstück nicht unternehmen. Helfen Sie doch! sagte ich zum Schneider gewendet und setzte ihm Josephinens dringende Noth und meinen Entschluß, sie dem Drachen zu entreißen, mit kurzen Worten aus einander.

I da muß eine alte Wand wackeln! entgegnete der erbetene Bundesgenosse mit Hohngelächter, und lispelte leiser seinem Idol in's Ohr: der ist wohl verrückt.

Ja, ich war es gewesen! Josephinens Pantomimenspiel hatte mir auf einen Augenblick den Verstand geraubt; sie hatte den Schmerz, die Verzweiflung so wahr, so täuschend dargestellt, daß ich nicht mehr Josephinen, daß ich Psychen selbst sah. Ich schämte mich jetzt vor dem Schneider und seinem Abgott, vor dem Hofnotisten und der Köchin, die sich alle, eins nach dem andern, über meine Dummheit, wie sie es nannten, zu Tode hätten lachen mögen; aber ich schämte mich nicht vor mir selber, noch weniger vor Josephinen. Ihrem Meisterspiel war, sollte ich meinen, meine bis zu diesem Grade gesteigerte Vergessenheit die tiefste Huldigung.

Ich war zwar durch des Nadelhelden ablehnende Antwort, auf meine Aufforderung zur Hülfe im Drachenkampfe, wieder zu mir selbst gekommen; ich wußte jetzt wieder Josephinen von Psychen zu trennen; allein es bangte mir doch vor dem Augenblick, wo der Orakeldrache herbeifliegen werde, um seine Beute durch die Lüfte zu führen.

Es ereignete sich etwas noch viel Schlimmeres als das Gefürchtete.

Psyche sank, von Weinen und Jammer über ihr grauenvolles Loos, erschöpft auf das Moos des Felsengipfels nieder, und schlummerte, eingelullt von den Zaubertönen des Orchesters, allmählig ein. Sie hatte kaum die thränenfeuchten Augen geschlossen, als die Musik in ein leichtes tändelndes Tempo überging; der Himmel, an dem sich, diesen ganzen Akt über, schwarze Donnerwolken, vom wilden Sturmwinde gepeitscht, umhergejagt hatten, heiterte sich auf; das Meer, das in grausender Brandung die weißschäumenden Wellen an das schroffe Felsenriff geschleudert hatte, ebnete sich jetzt zur glatten Spiegelfläche; der brausende Orkan, der mit schrecklichem Geheule bis dahin zu vernehmen gewesen war, legte sich alsbald, und immer klarer und heiterer ward der unermeßliche Horizont, an dessen fernsten Säumen das Gold der sinkenden Abendsonne, die ruhig gewordenen Fluthen in unbeschreiblicher Schönheit überpurpurte.

Jetzt kommt der Drachen-Bräutigam! sagte alles, und der lederherzige Schneider rieb sich vor heimlicher Freude über das nun beginnende Spektakel, die dürren Knochenhände zwischen den Knieen.

Weit, weit über der hohen See schwebte etwas in den stillen Abendlüften herauf, was immer größer ward, und immer näher kam, aber doch immer noch so entfernt war, daß es kein Mensch recht deutlich erkennen konnte. Die Köchin hielt es für einen Flug Gänse, der Hofnotist für Kiebitze, die Dicke meinte, es wären Klapperstörche, der Schneider aber hatte die bestialische Idee, daß ein ganzes Drachennest ausgeflogen wäre, und die Braut heimführen werde.

Sie hatten sich alle getäuscht. Kleine allerliebste Amoretten waren es, die mit zarten Rosengewinden durch die milden Lüfte heraufschwebten; in ihrer Mitte der leicht geflügelte Zephyr, ein wunderschöner goldgelockter Jüngling. Er allein flog auf den Gipfel des Felsen; sein schäkerndes Gefolge aber umkreiste, mit taubenähnlichem Schwirren der bunten Fittiche, das Mooslager der süßen Schläferin, auf der von der Abendsonne beleuchteten Felsenspitze.

Zephyr gab sich, durch verständliche Zeichensprache als Amors Gesandten zu erkennen. Sein Creditiv war ein mit Lilien und Vergißmeinnicht umwundener Pfeil. Sein Auftrag, zeigte er, war, dem Drachenbräutigam zuvor zu kommen, und Psyche in Amors wartende Arme zu entführen, wenn Psyche, wie seinem Gebieter bei dem ersten Begegnen habe bedünken wollen, diesem auf Gegenliebe Hoffnung mache. Dieß zu ergründen, solle er sich des Pfeiles bedienen. Setze er diesen der Schlafenden auf die Brust, und sie lächle, so sey die Sache richtig.

Er tanzte jetzt, aus Zufriedenheit mit sich selbst, und gleichsam im freudigen Vorgefühl des Gelingens, ein Solo, daß allen Leuten die Haare zu Berge stiegen, denn er sprang auf einen kleinen Vorsprung des Felsen heraus, der über dem Abgrunde hing und so schmal war, daß er kaum mit einem Fuße darauf Platz hatte. That der Tollkühne einen einzigen Fehltritt, so stürzte er unrettbar herab; denn wer da herunter fiel, konnte schwerlich ein Glied rühren.

Daß Du den Hals brächst! dachte ich im Stillen, und knirschte heimlich mit den Zähnen, denn die verführerischen Schmeichelkünste dieses lieblich gestalteten Zephyrs, und seine Amorettenbande, waren Josephinen weit gefährlicher, als der ihr zugedachte Drache. Gegen diesen hätte sie, im Abscheu vor seiner Häßlichkeit, sich gewehrt und im schlimmsten Falle ihr Leben daran gesetzt; wie aber konnte die Unerfahrne den Lockungen widerstreben, mit denen der zauberreiche Amor, der mit lauwarmen Westwinden sie umspielende Zephyr, und seine in allen Teufelskünsten der Liebelei erfahrenen buntgefiederten Helfershelfer sie berückten?

Vielleicht lächelt sie *nicht*, sagte ich mir tröstend, und baute auf das Orakel des weisen Apollo, und auf meinen innern Glauben, daß die Tugend eben so gut Josephinen, ihren Schützling, auf dem Felsenneste da oben mit ihren Schutzgeistern unsichtbar umstellen könne, als sie jetzt von den leichtsinnigen Dienern der Liebe umflattert werde. Nach der gelehrten Auseinandersetzung des Hofnotisten, welcher seine mythologischen Kenntnisse aus dem Opernbuche geschöpft hatte, war Apulejus der erste gewesen, der uns die Mythe der Psyche, wie sie uns der Balletmeister darstellte, erzählt hatte. Ich verstand den sinnvollen Lateiner recht gut; der geflügelte Drache, den das Orakel verkündet hatte, war niemand anders, als der abscheuliche Amor selbst; kann etwas drachenähnlicher seyn, als Liebe *dieser* Art? und das Geflügelte deutet ja offenbar auf den federleichten Leichtsinn, mit dem diese gefährliche Liebe über alle Verhältnisse, Bedenklichkeiten und Grundsätze wegsetzt.

Meine Besorgniß war leider nur zu gegründet.

Zephyr endete sein Solo mit dem Wagstück, daß er sich draußen auf dem schwindelhohen Felsenvorsprung, wie eine Spindel, zehn, zwölfmal hintereinander, auf einem Fuße blitzschnell herumdrehte, dann auf demselben Fuße, vorn ein wenig übergebeugt, die Meerestiefe unter sich, in schwebender Stellung, eine Weile stehen blieb, und mit schalkhafter Miene zu verstehen gab, daß er nun mit seinem Pfeile Psyche's Liebes-Geheimniß erforschen wolle.

Er setzte, unter leiser Begleitung eines köstlichen Flöten-Solo's, die goldene, haarfeine Spitze des blumenumwundenen Pfeiles, heimlich auf die Schwanenbrust der schlafenden Psyche – und Psyche lächelte mit geschlossenen Augen in süßer Verzückung!

Das sündige Parterre klatschte; mir brach das Herz, Josephine war verloren. Lieber zu hundert Drachen, als zu einem Amor.

Zephyr freute sich seines stolzen Sieges, und die kleinen Amorettenteufelchen flatterten mit höllischer Schadenfreude heran, schlangen um das Mooslager der reizvollen Schläferin ihre Blumenketten, und schwebten, den heillosen Zephyr an ihrer Spitze, mit dem unglücklichen Opfer des liebedurstigen Amors, über des Meeres unermeßlichen Spiegel, durch die stillen, dunkelnden Lüfte davon.

Der Vorhang fiel. Ich dachte, das entzückte Publikum würde das ganze Haus aus einander klatschen. Die Welt liegt im Argen.

Ich mochte keinen Akt weiter sehen. Psyche wird, nach des Hofnotisten Mythenlehre, die er uns im Zwischenakte vortrug, von den spitzbübischen Genien, in Amors Rosentempel getragen; dort empfingt sie der Liebesgott mit allem, was nur irgend den Sinnen schmeicheln kann; sie sinkt, von der Macht seines Reizes bethört, aus den Blumenfesseln der Amoretten, in seine umfangenden Arme, und er feiert, die schöne Drachenbraut an seinem liebeglühenden Herzen, den glorreichsten Sieg frevelnder List; – sollte ich des Allen Zeuge seyn?

Ans Furcht vor der Mutter, erzählte der Hofnotist *Apulejus secundus* weiter: setzt Amor diese Besuche nur des Nachts fort; er kommt bei Lunens verschwiegenem Lichte, und drückt auf Psyche's süße Lippen den Scheidekuß, wenn Aurora mit ihren Rosenfingern den Horizont erhellt. – Das Alles sollte ich mit ansehen?

Noch immer, fuhr der Notenprofessor fort: weiß Psyche nicht, daß es der Gott der Liebe ist, welcher der Unschuld Lilien aus ihrem Blüthenkranz raubt; sie hat, weil er nie anders, als in den Mantel der Nacht gehüllt, ihr Rosenlager theilte, ihn noch nicht einmal von Angesicht zu Angesicht gesehen. – Giebt es, dachte ich im Stillen, eine deutungvollere Mythe auf die verächtliche, bloß materielle Liebe. – Doch, die Neugierde, die schon seit Deukalions Zeiten, ein Erbtheil der Mädchen war, läßt Psyche nicht länger rasten; sie benutzt den Augenblick, wo Amor, von ihren Reizen süß berauscht, an ihrer Seite eingeschlummert ist, steht vom blumenduftigen Lager auf, holt ihre Lampe, und schleicht sich heran, um den geliebten Verführer unbemerkt zu belauschen. Das Händchen vor die heimlich flackernde Flamme haltend, nähert sie sich dem Schlafenden, und erkennt den schönsten der Himmelsfürsten, den Liebesgott selbst. Sie erbebt vor freudigem Schreck; ihre Hand zittert; ein Tropfen heißes Oel fällt auf die blendend weiße Schulter des göttlichen Schläfers; er erwacht, sieht sich verrathen und entflieht.

Der Vorhang rollte jetzt zum dritten Akte auf. Josephine, im Rosenpallaste des Glücklichen, lag, von tausendfältigem Liebreiz übergossen – – ich konnte nicht hinsehen; alles Blut schoß mir in die Augen; es brannte mir eine Glut im Gesichte, als stehe das ganze Haus in Flammen, und eine so angstvolle Hitze preßte mir die Brust, daß ich erstickt wäre, wenn ich noch eine Minute ausgehalten hätte. Ich stürzte halbtodt aus dem Höllenparadiese, stürzte die Treppe hinab, und gewann erst im Freien, auf der Straße, den Odem wieder.

12.

Markus vor!

Nie wieder ein Ballet! sagte ich halb laut, und sog die kalte Straßenluft mit einem Wohlbehagen ein, als käme ich aus der mephytischen Schwefelresidenz des leidigen Satanas – und doch ärgerte ich mich wieder, daß ich es nicht abgewartet. Hätte ich gewußt, was ich späterhin durch das Studium der Mythologie erfuhr, daß es vom vierten Akt an, Psychen, durch die Verfolgung der aufgebrachten Schwiegermutter Venus, gar erging, daß sie auf deren Befehl sogar in das Reich der Todten hinabsteigen, und von der Proserpina eine Büchse mit Schönheitssalbe holen mußte; daß sie diese Büchse wieder, aus angestammter Neugierde, dem Verbot entgegen, öffnete, und vom tödlichen Dampfe derselben leblos zu Boden gestreckt ward, – ich wäre geblieben, und hätte mich an der wohlverdienten Strafe für ihr schuldvolles Entgegenkommen, und für ihre leichtsinnige Unbesonnenheit, recht eigentlich geweidet. – –

Pah, sagte ich endlich, als ich mich auf dem spitzen Straßenpflaster ein wenig ergangen hatte: was geht dich Josephine an! laß sie! Schwerlich werden sie ihre Amors und ihre Zephyrs mit der Zartheit, mit der schadlosen Treue lieben, mit der du dieses goldlockige Engelkind würdest gelebt haben, wenn es anders dein werden könnte. Hast du doch etwas weit Höheres im Sinn. Josephine ist schön, ist himmelschön; aber die Gräfin, wenn ihr auch Josephine ähnelt, ist hundertmal schöner. Beide blond, beides herrliche Gestalten; beide die Gutmüthigkeit, die Sanftmuth, die Liebe selbst; aber die Gräfin ist – wahrhaftig, ihr Rang hat mich nicht bestochen, aber sie ist viel feiner, viel anständiger; in ihrem seelenvollen Auge liegt mehr Geist, in ihren Wangen-Grübchen lächelt die Schalkheit lieblicher, und das Beutelchen in ihrer kleinen Hand – nein, mit diesem Anstande, mit dieser Herzensgüte, mit dieser vornehmen und doch so humanen Ungebundenheit hätte Josephine dem Trödeljuden den Dukaten nicht geben können! So etwas wird den Grafen-Kindern gleich angeboren.

So sprach ich zu mir selbst, und war unbemerkt wieder auf den rechten Weg zu meinem Glück, auf den Weg zur Gräfin Gorm zurück gekommen.

Der Herr Professor wollte zwar seine Gründe haben, warum ich nicht zu ihr gehen sollte. – Aber, man kennt ja die grämlichen Alten mit ihren pedantischen Ansichten. Wer weiß, was er mit dem Grafen gehabt hatte, – doch, was ging das mich an. – Aber, – sagte er nicht, daß der Graf ein lüderlicher Patron sey? – Im Ganzen war das kein Ausdruck, der sich für einen Professor schickte. Wie kannte der alte grundgelehrte Herr die Welt so wenig. Ich armer, blutarmer Junge, auf dessen Erziehung, bis zu dem Augenblick, in dem mich der Fürst zufällig kennen gelernt hatte, keine zehn Thaler waren verwendet worden, rechnete mich zu den gesitteten, wohlgezogenen und an Ordnung gewöhnten Menschen; um wie viel mehr mußte man nicht einen Grafen dahin zählen, dessen Bildung gewiß schon viele Tausende gekostet haben mochte. Einen lüderlichen Grafen konnte ich mir damals noch gar nicht denken, und giebt es einen, so ist es schlimm, daß er an der Vernichtung der Achtung arbeiten hilft, die vor seinem Range in der Brust des großen Haufens wohnt, in dem, wenn auch nicht Edelleute, doch recht viele edle Menschen zu finden sind.

War mein Gnadenbild, die Gräfin, des sogenannten lüderlichen Patrons Gattin oder Schwester? das fing mich jetzt an zu interessiren.

Nein, nein, die Schwester, sagte ich, mich beruhigend: denn die Gattin eines also Bescholtenen hätte nicht so fröhlich, nicht so lebenslustig aussehen können. Aber doch – es war, als läge auf der andern Seite wieder etwas Wünschenswerthes für mich in dem Gedanken, sie als seine Gattin zu wissen, sie war dann bestimmt unglücklich, und ich konnte die Leidende, wenn ich sie einmal kennen gelernt hatte, trösten, ihren Schmerz über den Unwürdigen theilen; kurz, es kam mir recht gelegen, wenn die Gräfin Wunderhold zu den Dulderinnen gehörte; auch hatte ich viel mehr Muth, mit der Gräfin zu sprechen, wenn sie verheiratet war; die Frauen haben bei weitem nicht so hohe Schranken um sich, als die Unverheiratheten ihres Standes. Eine Jungfrau entfernt den Mann viel mehr, als eine junge Frau. Zwischen der Jungfrau und dem Jüngling ist ein Geheimniß, ein räthselhaftes Etwas, das beide verschüchtert; mit der Frau spricht es sich schon viel ungebundener. Nein, die Gräfin war bestimmt verheirathet. Der gräfliche Lakai hatte ja, nach Gustchens Mittheilung, gesagt, ich solle hinkommen. Das konnte nur eine Frau, kein Mädchen sagen lassen; für Letzteres hätte sich es nicht geschickt, einen jungen, steinfremden Menschen einzuladen.

Es zog mich jetzt unwiderstehlich zu der Gräfin.

Ihre Equipage stand vor dem Opernhause; ich konnte die herrliche Frau diesen Abend noch sehen. Ich kehrte, von dem beglückenden Gedanken getrieben, nach dem Opernhause zurück, suchte in der langen Wagenreihe den Zerstörer meines Rosenstocks heraus, und fragte den bärtigen Kutscher recht fein, ob der *Herr* Graf oder die *Frau* Gräfin in der Oper wären.

Beide! war die Antwort.

Da hatte ich es ja auf einmal. *Frau* war also die blondgelockte Gräfin Wunderhold, die meiner mit Wohlgefallen gedachte, die mir meinen Verlust fünffach ersetzen wollte, die –

Markus vor! schrie ein tressenreicher Bedienter vor dem Portale des großen, von flackernden Kienkörben hochbeleuchteten Opernhauses, – vielleicht der nämliche, der mich zu ihr geladen, – über den dunkeln Platz, und Markus, der bärtige, rasselte herbei.

Ich flog hinterdrein.

13.

Der kleine Fuß

Noch sehe ich den prächtigen Wagen, in dessen Lack sich das Feuer der Kienkörbe und die Fackel des Bedienten herrlich spiegelte; die blanken Riesenpferde, die ungeduldig stampften und sich bäumten, und dem gewaltigen Markus die Zügel aus der Hand drängen wollten; den zweiten Bedienten, der jetzt die Wagenthüre öffnete, und die, mit buntgeblümten Teppichen gepolsterten Tritte auseinanderschlug; die Gräfin, tief eingehüllt in türkische Shawls und Tücher, und umflossen von einem weichen, schwarzseidenen Mantel; und den Grafen in Eskarpins und einem modischen Oberrocke. Dieser hatte die Liebliche mit einem Arm umschlungen, und warnte mit zärtlicher Theilnahme, sich vor Erkältung in Acht zu nehmen. Kommen, in den Wagen steigen und davon jagen, war das Werk einer Viertel-Minute; so eilig und rasch ging das alles. In demselben Augenblicke strömten Hunderte aus dem Hause; die Oper war zu Ende. Bedienten, Wagen, Mägde, Wache, Herren, Damen, Laternenjungen, alles drängte sich in wildem Gewirre durch einander; ich flüchtete aus dem bunten, mannichfach beleuchteten Getöse nach Hause. Unterwegs begegnete mir mein Rosentödter wieder; der junge Graf saß allein im Wagen.

Morgen geh' ich bestimmt zur Gräfin! das war jetzt mein fester Vorsatz. Das Zehnthalerstück nehm' ich nicht; ich hätte es wohl brauchen können, es wäre ein Kapital für mich gewesen; aber ich fühlte, daß die Gräfin mich mehr achten mußte, wenn ich es ausschlug; ich wollte ihr blos danken für den Antheil, den sie an meinem kleinen Unglück nahm; für die edle Absicht, mich dafür entschädigen zu wollen, und hatte mir schon eine recht gefühlvolle Redensart erdacht, um ihr zu sagen, daß ich bei dem Tausche unendlich gewinne.

So verworfen, als der Herr Professor den Grafen aber machen wollte, war dieser bestimmt nicht; denn so besorgt, wie er sich für die holde Gemahlin zeigte, ist in der Regel kein Lüderlicher um seine Frau. Von der Gräfin selbst hatte ich vor allen Tüchern, Shawls, Mänteln ect. so gut wie gar nichts gesehen; selbst ihre Gestalt, die ich eigentlich noch gar nicht kannte, war mir in ihren vielen, weiten, faltenreichen Hüllen verloren gegangen. Aber eins, eins war mir nicht entgangen: ihr höchst niedlicher Fuß. Um sich dem Zugwinde nicht Preis zu geben, flog sie durch das Portal in den hohen Scheibenwagen hinauf, und da gewahrte ich dies zarte Kunstwerk der Natur, das feinste Frauenfüßchen, welches wohl je die Kienkörbe vor dem Opernhause beschienen hatten. Sie trug Sandalen, wie Josephine, ja zum Verkennen ähnliche; aber Josephinens Fuß war wenigstens um einen Zoll größer, als dieser. Noch sah ich zwar bis jetzt keine Dame der gewöhnlichen Welt, in Sandalen; allein die Mode der höhern Stände war mir ja unbekannt. Glichen die Füßchen der Hofdamen den ihrigen, so war die Sandalen-Tracht eine recht hübsche.

14.

Der Gang in den Gormischen Pallast

Der Herr Professor, Lina und Gustchen warteten mit gespannter Neugierde auf meine Beschreibung von der gesehenen Oper. Jener fing aber, ehe ich zum Worte kommen konnte, mit einer kurzen Geschichte der Musik an, und behauptete, das allererste Instrument sey eine Art von Haarlaute gewesen, ein mit Thierhaaren bespanntes Saiten-Instrument, von Jubal, dem Sohne Lamechs, schon vor der Sündfluth erfunden. Er nannte Laban und Hiob als tüchtige Paukenschläger, und erzählte, daß Moses, auf diesem schwierigen Instrumente, den Gesang seiner Schwester Mirza accompagnirt habe. Er kam, von dem Gesinge der Leviten, auf die älteste Kirchenmusik der ersten Christen bei ihren Agapis oder Liebesmalen, von dieser auf den vierzehnhundertjährigen Ambrosianischen[3] Gesang; auf die Antiphonien, *Authenticas* und *responsoria*, dann auf die, von Luther zuerst eingeführte deutsche Kirchenmusik, und auf die, von Johannes de Muria erfundene, und erst vor zweihundert Jahren in Deutschland bekannt gewordene Figural-Musik nach Noten; sprang jetzt, vom Juden- und Christenthum, in die heidnische Vorzeit zurück, und bewies aus den musikalischen Instrumenten, die man im Grabe des Osymanduas bei Theben gefunden, das Uralter der Musik unter den Aegyptiern, da Osymanduas zwei tausend Jahre vor Christus gelebt habe.

Morgen, liebes Onkelchen, die Fortsetzung, bat Caroline, und fragte, sich zu mir wendend: wie mir Oper und Ballet gefallen; Gustchen aber wollte wissen, was jedes angehabt, ob Zephyr und sein lustiges Gesindel, die Amoretten, weiß oder fleischfarben gegangen, wie Psyche's Mutter, Madame Endelechia costümirt gewesen, und dergleichen wichtiges mehr, und setzte, in Bezug auf ihr Theater-

---

[3] Ambrosius war bekanntlich Erzbischoff von Mailand, und hatte um die Verbesserung des Kirchengesanges bleibende Verdienste. Er behielt von den alten Melodieen nur einige bei, die seitdem authenticae genannt werden. Antiphonie ist das wechselweise Absingen der Psalmen vor der Messe, durch zwei Chöre, vom Pabste Cölestinus, im Jahr 424 schon eingeführt. Responsoria aber heißen die, von Gregor dem Großen 592 veranstalteten Psalmen-Auszüge.

puppen-Personal, leiser, aber sehr ernsthaft hinzu: ein Ballet, lieber Theodor, fehlt uns noch gänzlich.

Vor allen pries ich Signora Libertini; und der Herr Professor nickte beifällig. Dann ließ ich mich über die Tendenz des Ballets aus, und schalt auf Psyche, daß sie so, mir nichts dir nichts, mit dem ersten beßten Abendwinde, einem steinfremden Incognito in die Arme geflogen sey. Lina nicke, die Augen niederschlagend, erröthend und beifällig; dann endlich erzählte ich von den Nachbarn meines Paradieses, von dem Gebackenen der Kapellmeister-Köchin, vom Pfefferkuchen der Schneiderdonna, und Gustchen nickte auch beifällig; aber von meinem süßen Himmels-Manna, von der liebreizenden Gräfin sagte ich nichts. ›Nehmt der Liebe den Schleier des Geheimnisses‹, und ihr streift den schönsten Goldstaub vom Flügel des Schmetterlings.

Ich eilte nach dem Essen auf mein Kämmerlein, und freute mich auf die Träume dieser Nacht. Aber der Herr Professor hatte mir, mit seiner Vorlesung über die Musik der Alten, meine unschuldige Freude zu Wasser gemacht. Ich träumte wohl von der Angebeteten, aber nichts als verrücktes, verworrenes Zeug. Bald war die liebliche Gorm meine Schwester Mirza, und ich begleitete ihren Gesang, in dem ich den der Libertini wieder fand, mit meinen obligaten Pauken; bald war ich Judal, der Sohn Lamechs, und spielte der Gefeierten ihren Lieblingwalzer auf der eben erfundenen Haarlaute vor; bald saß ich mit ihr bei den Agapis, und sang die, von der unwillkommenen Kantor-Christel eingelegte Antiphonie:

Jungfer Lieschen etc.

bald wieder wanderte ich mit dem Herrn Professor, auf seiner Stube, lm Lande der alten Aegyptier umher, mußte ihm, auf einer, *stante pede*, gefertigten Landcharte, das Grab des Osymanduas bei Theben zeigen, um die dort befindlich seyn sollenden Ahnen unserer heutigen Geigen, Guitarren, Serpents und englischen Flügel klapphörner aufzusuchen, und fand, statt alles dessen, die Sandalen der Gräfin, und in diesen ihr Liliputfüßchen, und am Ende die ganze holdselige kleine Frau, unter duftigen Rosenblättern begraben, frisch und lebendig, und die Arme verlangend nach mir ausgebreitet. Immer waren, zu meinem größten Aerger, die Gräfin und Josephine eine und die nämliche Person. Ein einziges Mal sah die Gräfin anders aus, aber da wies sie meine Huldigungen mit Hohn und einem solchen Spottgelächter zurück, daß ich, empört von diesem widrigen Gefühl, erwachte, und, den bösen Traum noch im Kopfe, dem jungen Morgen, der mir in die Fenster lachte, ein recht grämliches Gesicht machte.

Alberner Mensch, dachte ich, und lächelte dem lachenden entgegen: es war ja nichts, als ein dummer, einfältiger Traum. Laß dir den Muth nicht durch ein solches Geisterbild nehmen.

Ich kleidete mich sorgfältig an; besah mich im Spiegel, meinte, daß der liebe Gott und mein Schneider an mir nichts versäumt hätten, ging nun stracks und mit festen Schritten in den Gräfl. Gormischen Pallast, und ließ mich bei der Frau Gräfin melden.

15.

Die Gräfin Gorm

In manchen Büchern hatte ich gelesen, auch wohl hie und da erzählen gehört, daß Dienerschaft in großen Häusern gewöhnlich zur
Klasse der Unausstehlichen gehöre, den Fremden, besonders wenn
sie bescheiden einträten, mit grober Geringschätzung begegne und
durch ihr rohes Betragen auf den Glanz ihrer Herrschaft einen ent-
stellenden Fleck werfe.

Ich hatte mich in meiner Vorstellung von den Vorhöfen der großen Welt sehr getäuscht. Der Bediente empfing mich sehr artig und
meinte, ich käme zwar ein wenig früh, allein die Frau Gräfin wären
doch schon längst aufgestanden, säßen bei der Arbeit, und würden
mich daher wohl annehmen. Könnte ich *ihm* aber mein Anliegen
eröffnen, so wäre es ihm lieb, denn die gnädige Frau wüßten gern
im Voraus, was die Leute bei Ihnen suchten, um gleich vorbereitet
zu seyn. Ich entgegnete ihm darauf, bescheiden lächelnd, daß ich
bei der Frau Gräfin nichts suche, sondern im Gegentheil ihr etwas
bringe; – ich meinte meinen Dank für ihren guten Willen. –

Ah, schön! rief er noch freundlicher: da werden Sie gewiß nicht
abgewiesen; solche Besuche sind hier gar selten.

Er führte mich durch mehrere Gemächer, bat, in dem Vorzimmer
zu warten, und ging zur Gräfin hinein.

Ich hatte Muse genug, mich hier umzusehen, und bemerkte einige mir ganz unerwartete Dinge. Das Frühstück war bereits genossen, das schloß ich aus dem leeren Kaffeezeuge. Neben diesem lag
eine große, mit alter Schrift gedruckte Bibel, aufgeschlagen das
Buch Hiob, und in diesem eine unscheinbare Brille; über dem dane-
ben stehenden Stuhl hing ein alter Frauen-Ueberrock von grobem,
lederfarbenen Tüffel, und unter dem Stuhle erblickte ich ein Paar
ausgediente Riefen-Pantoffeln.

Sie werden gleich vorgelassen werden, sagte der Höfliche, aus
dem Zimmer der Gräfin kommend: das Kammermädchen wird Sie
rufen, Sie sollen nur einen Augenblick verziehen.

Mir stieg das Blut, bei dem Gedanken, die kleine, himmlische Gestalt in wenigen Minuten zu sehen, die holde, zarte Frau selbst zu sprechen, siedend zum Herzen.

Sind der Herr Graf auch im Zimmer? fragte ich, um etwas zu fragen, und zum Glück antwortete der Ueberartige – Nein! der schläft bis zum Mittag, die Frau Gräfin dagegen ist Punkt fünf Uhr aus dem Bette, dann gleich zum Gebet, – sehen Sie hier die Bibel, die wird binnen Jahresfrist dreimal von vorn bis hinten durchgelesen. Darauf kommt der Kaffee, und so wie der getrunken ist, fährt die gnädige Frau gleich in das Morgenkleid und durchstöbert das ganze Palais, und da helf uns Gott, wenn nicht alles rein und sauber aussieht, wie in einem Spiegelkästchen.

– – in dem Morgenanzuge? fragte ich, meinen Ohren nicht trauend, und wies auf den Lederfarbnen und die kolossalen Pantoffeln.

In dem Augenblicke hörten wir Tritte im Zimmer der Gräfin; der Bediente entfernte sich schnell, und aus dem Zimmer schlüpfte ein Kammermädchen und öffnete mir die Thüre. Ich trat ein.

Sie saß, mir den Rücken kehrend, an einem, mit Akten und Rechnungen beladenen Büreau und schrieb.

Was giebt's? fragte sie, fortschreibend, mit einer Stimme, in der ich die, meiner blonden Gräfin im Wagen, nicht wieder erkannte; ich trat jetzt einige Schritte näher; sie stand auf. Eine baumlange, magere Figur, älter als funfzig, finster und ernst, über dem Kopf eine wattirte Kapuze, wie sie die Matronen in den französischen Landstädtchen tragen; übrigens bekleidet mit einem abgetragenen, seidenen Ueberrock und mit einem Paar Schuhen, die denen im Vorzimmer an Größe nichts nachgaben.

Ich hatte mich auf meine Anrede nicht vorbereitet; ich hatte sie von dem Eindrucke abhängig gemacht, den der Liebreiz des gräflichen Blondchens auf mich machen würde.

Aber jetzt – *die* Ueberraschung war zu groß – ich setzte zweimal an, aber ich konnte kein Wort hervorbringen.

Ergötzte sie die närrische Verlegenheit, oder hielt die Stolze meine angstvollen Bücklinge und den eingetretenen Kehlkrampf für Zeichen gränzenloser Ehrfurcht; genug, das finstere, gefurchte Gesicht in der Kapuze heiterte sich ein wenig auf, und sie fragte, nach einer mir peinvollen Weile, mit verhaltenem Lächeln wiederholt, was mein Begehr sey?

Nichts, entgegnete ich, mich wieder nach der Thüre zurückziehend: ich wollte nur die Ehre haben, der gnädigen Frau Gräfin Gorm meinen unterthänigen Respekt zu bezeigen.

Die bin ich, entgegnete sie und schien noch neugieriger zu werden.

Nein, erwiederte ich mit gepreßter Stimme: zur jungen Frau Gräfin wollte ich; sie hat die Gnade gehabt, mir für meinen Rosenstock ein Zehnthaler-Stück anbieten zu lassen, und da – –

Die *junge* Gräfin? fiel die ernste, hohe Frau verwundert ein. Kennen Sie denn eine junge Gräfin Gorm?

Ich habe ja gestern Abend noch das Glück gehabt, sie aus der Oper fahren zu sehen; antwortete ich, und konnte nicht begreifen, was die Alte darunter suchte, nichts von ihrem Himmels-Blondinchen wissen zu wollen.

Sie fragte nun, mit immer steigendem Antheile, wie ein Großinquisitor, nach allen Kleinigkeiten; ich mußte ihr die Geschichte mit dem Rosenstocke erzählen, und wie der Wagen, die Bedienten, die Pferde, der Kutscher und die vermeintliche junge Gräfin ausgesehen.

Je mehr ich sprach, desto unbefangener ward ich; in dem Wesen der Matrone lag etwas Einnehmendes; ich vergaß die Kapuze, den Ueberrock und die Riesen-Schuhe und sah ihr mit kindlichem Vertrauen in das kummervolle Gesicht, das vor dreißig Jahren wohl auch rührender ansprach. Bei der Beschreibung der jungen Gräfin ging mir das Herz über. Die Alte schüttelte zwar einigemale den Kopf; aber ich war einmal im Zuge, ließ mich nicht irre machen, und sagte zuletzt: daß ich den jungen Herrn Grafen zwar nicht näher kenne, daß mich aber die zarte Sorgfalt, die er gestern Abend für die Gesundheit der Frau Gräfin gezeigt, gar sehr erfreut habe, und daß ich ihr zu solch einem Sohne aufrichtig Glück wünsche.

Die Gräfin wendete das Gesicht von mir ab, schwankte nach dem nächsten Stuhle und setzte sich. Ich mußte ihr vom jungen Grafen alles, was ich gestern Abend gesehen hatte, umständlich wieder erzählen, und es schien nun, als ob sie weine.

Sie schwieg eine Weile und ich auch.

Endlich stand die Gräfin auf, faßte sich und fragte: ob ich die Bezeichneten, wenn ich sie sähe, wohl alle wieder erkennen würde?

Ich bejahte dies, und freute mich, die junge Gräfin nun endlich auch noch zu erschauen.

16.

Das Zeugenverhör

Die Gräfin hieß mich in das anstoßende Kabinet gehen, zu dem eine Glasthüre führte; dort sollte ich mich hinter den Vorhang, der draußen vor den Glasscheiben befindlich sey, stellen, und unbemerkt die genannten Personen sehen.

Jetzt merkte ich Unrath. Am Ende verdroß es die Alte, daß der junge Herr mit der jungen Frau ausgefahren war, und nun sollten die Domestiken, und vielleicht gar die Kinder selbst, darüber zur Rede gesetzt werden. Das konnte verdrüßliche Folgen für mich haben; ich verbat mir also dringend die Ehre des Lauschwinkelchens, und wollte mich, selbst mit der stillschweigenden Verzichtleistung auf das Glück, meine kleine Gräfin zu sehen, ganz gehorsamst verabschieden.

Die alte Gräfin aber wußte mich festzuhalten. Sie sind, hob sie weich und mit verbissenem Schmerze an: wie ich aus Ihren Aeußerungen entnommen, ein rechtlicher junger Mann. Es kann Ihnen also nicht gleichgültig seyn, einer Groß-Mutter, die Gefahr läuft, ihren Enkel zu verlieren, in dem Streben, ihn sich und der Tugend zu erhalten, nach Kräften beiständig zu seyn. Weigern Sie sich nicht, mir den Liebesdienst zu thun, um den ich Sie bitte. Sie öffnete mit diesen Worten die bewußte Glasthüre, und ich ging in meinen Versteck, weil ich, armer Junge, der reichen Gräfin nichts abschlagen durfte, und wenn ich es auch gedurft, der bekümmerten Alten nichts abschlagen konnte.

Ich ahnte den Zusammenhang der ganzen Geschichte; aber es lag mir jetzt selbst daran, ihn vollständig zu enthüllen.

Die Gräfin klingelte, die Zofe kam, jene gab ihr leise Befehle.

Nach einer geraumen Zeit erschien der junge Mann, der gestern Abend die junge Gräfin zum Wagen begleitet, sie umschlungen und sich mit ihr eingesetzt hatte, davon gefahren war, und dem ich nachher wieder, auf dem Rückwege nach dem Opernhause, begegnete.

Er sah noch verschlafen und trübäugig aus, küßte der Gräfin die Hand, erhielt von ihr mehrere Briefe, um sie alsbald zu beantworten und ging.

Kannten Sie den? fragte die Gräfin und rief mich in das Zimmer zurück.

Ich erzählte, was ich von ihm wußte, und setzte hinzu, daß ich ihn für den Herrn Grafen Gorm halte.

Ja, das ist mein Enkelkind, entgegnete sie mit gebrochener Stimme, winkte mir, mich wieder hinter meine Glasthüre zu ziehen, und saß mehrere Minuten sehr bewegt vor ihrem Büreau, in tiefes Nachdenken verloren. Darauf klingelte sie wieder; dem eintretenden Kammermädchen flüsterte sie wie vorhin in's Ohr, und kurz darauf trat Markus der Kutscher mit zwei Bedienten ein.

Sie gab jedem einen unbedeutenden Auftrag, und rief, als sie abgetreten waren, mich wieder in das Zimmer.

Ich nannte ihr den Kutscher Markus, versicherte, der Wahrheit gemäß, daß der eine Bediente die Fackel gehalten, und der andere die Stufen des Wagentrittes aus einander geschlagen habe.

Abscheulich, rief sie, und das gelbblasse Gesicht röthete sich dunkel, und das tiefliegende schwarze Auge rollte glühend.

Ich bedarf Ihrer noch, sagte sie nach langer Pause, in der sie etwas ausgebrütet zu haben schien. Sie haben mir und der Ehre meines Hauses einen großen Dienst geleistet; rechnen Sie auf meine Dankbarkeit. Wessen sich eine Gräfin Gorm bisher annahm, der hat über sein Geschick noch nicht klagen dürfen. Gehen Sie, ich bitte Sie darum, auf Ihren Platz zurück.

Sie hatte zwar gesagt, ich bitte Sie darum! aber ihre Manier, ihr Ton war dabei so gebieterisch, daß ich hinter den Fenstervorhang zurück flog.

Die Großen und die Reichen haben außer den zeitlichen Glücksgütern, mit denen sie der Zufall beschenkte, noch einen großen, unsichtbaren Schatz, den sie zu ihrem Vortheil eben so zu benutzen wissen, wie der Kaufmann den Credit; ich meine die Höflichkeit. Wenn der Tieferstehende, der Arme, vom Großen und Reichen um eine Gefälligkeit höflich angesprochen wird, so drängt die Eitelkeit,

– oft und in der Regel aber auch die Artigkeit, die Achtung, die Gutmüthigkeit – den Niedern, den Aermern, das Geforderte zu leisten, selbst, wenn es wider sein Gefühl, wider seinen Vortheil seyn sollte. Viele Große und Reiche kennen diesen Kunstgriff recht gut, und bergen ihren hochmüthigen Dünkel, wenn sie der Dienste ihrer Mitmenschen bedürfen, unter der heuchlerischen Maske der Humanität, der freimüthigsten Herablassung; bezahlen die erhaltenen, oft mit schweren Opfern gebrachten Leistungen mit einem flachen Komplimente, und lachen den Narren, der die falsche Scheinmünze für Gold genommen, recht herzlich aus.

So sprach einmal der Magister Wunderlich, welchen der Herr Professor angenommen hatte, um mir in der Religion, Moral und in den Regeln über den Umgang mit Menschen Unterricht zu geben, und mir fiel dieser Satz, den ich damals dreimal abschreiben mußte, um mir ihn recht fest einzuprägen, jetzt vor die Augen. Zwar hatte der Herr Magister auch noch hinzugefügt, daß es auch Große und Reiche gebe, welche aus angeborener Gemüthlichkeit, aus Rechtlichkeit, und ohne eigennützige Nebenansichten, gegen den Niedern und Aermern eben so freundlich, artig und herzlich wären, als gegen Leute ihres Gleichen; aber solche ausgezeichnete Menschen wären halbe Engel und darum selten. Doch dieser ganze Zusatz wollte mir hier nicht recht einleuchten, wenigstens ward es mir schwer, aus der gelben Gräfin in der wattirten französischen Kapuze, einen halben Engel herauszufinden.

Die Gräfin klingelte; das Kammermädchen trat ein; die Alte rief: Graf Moritz! Das Mädchen trat ab, und in wenigen Minuten kam der junge Graf.

Die Groß-Mutter ließ ihn lange stehen und warten; sie that als schriebe sie; aber sie kritzelte nur zum Schein auf einem Papier herum; sie schien sich zu dem bösen Auftritt vorzubereiten.

Dem jungen Grafen mochte die Zeit am Ende lang werden; er räusperte sich ein wenig, um der Groß-Mutter ein Zeichen zu geben, daß er da sey.

Ich konnte daraus abnehmen, daß die Alte nicht mit sich spaßen lasse, und ihre Enkel-Kinder gewaltige Furcht haben mußten. Wo solche Furcht aber ist, da ist kein Vertrauen. Ich wäre zur Groß-Mutter herangegangen und hätte gesagt: Mütterchen, was willst

Du? Du hast mich rufen lassen. – Der junge Graf aber stand wie eine Bildsäule; er rührte sich nicht.

Endlich richtete die alte Frau sich lang auf, ging festen Blickes auf ihn zu, und fragte ihn: Wo bist Du gestern Abend gewesen, Moritz?

Ich? gnädige Groß-Mutter? entgegnete der junge Graf ganz unbefangen: in der Oper.

Bist Du nicht früher weggefahren als ich?

Wir sind zusammen nach Hause gefahren, gnädige Groß-Mutter, antwortete Herr Moritz, und schien sich zu wundern, daß die Groß-Mama von so kurzem Gedächtnis sey.

Bist Du, hob sie an, und zitterte vor innerem Aerger: Bist Du nicht vorher noch wohin gefahren, und hast Jemand nach Hause gebracht? Du siehst, ich weiß alles, aber ich will Dein Geständniß als Beweis Deines Vertrauens.

Mütterchen! dachte ich hinter meinem Vorhange, Du spielst ein böses Spiel; Dein Enkel ist verzogen, und wenn Dein Pallast noch zehnmal schöner, und Dein Vermögen noch hundertmal größer wäre, ich möchte nicht an Deiner Stelle stehen. Wer lügt, der stiehlt; Graf Moritz lügt, und er stiehlt auch! Dir Deine Ruhe, sich sein Glück. Jetzt, ja jetzt möchtest Du, daß er sich mit kindlichem Vertrauen an Dich anschmiegte. Das erzwingst Du nun nicht mehr. Dieses Mutterglück hast Du Dir vergeudet auf die ganze Zeit Deines Lebens.

Gnädige Groß-Mama, sagte Herr Moritz mit einer Dreistigkeit, die mich selbst stutzig machte: ich bin bis zu Ende des Ballets im Parket gewesen; ich habe Sie dann aus Ihrer Loge abgeholt, und bin mit Ihnen zu Hause gefahren – ich – ich verstehe nicht, was Sie wollen, setzte er mit einer Art empfindlichen Trotzes hinzu.

Moritz, erwiederte die Alte, und hielt ihre Fassung mit sichtbarer Gewalt zusammen: gehe in Dich und belüge Deine Groß-Mutter nicht; Du kannst, Du darfst dießmal nicht leugnen. Ich weiß bestimmt, daß Du mit einer jungen Dame vom Opernhause weggefahren und nach kurzer Frist, um mich abzuholen, mit dem Wagen wieder zurückgekommen bist.

Ich? fragte der Graf und lachte lustig auf, ich? mit einer Dame? da muß ich doppelt seyn.

Jetzt ward ich selbst ungewiß. Sollte das gestern Abend der Graf nicht gewesen seyn! Aber – er hatte Recht – wahrhaftig er müßte doppelt seyn, wenn das Exemplar, das vor der Groß-Mutter stand, nicht das gewesen wäre, welches mit der Dame gestern vom Opernhause wegfuhr. Daß diese Dame aber eben so wenig, als die, welche bei der Trödeljudengeschichte meinen Rosenstock zerfuhr, eine junge Gräfin Gorm gewesen seyn konnte, fing ich nun auch an, nach und nach einzusehen, und das war eigentlich das, was mich am nächsten anging; denn um die geheimen Liebschaften des jungen Grafen brauchte ich mich nicht zu bekümmern. Mein schöner Traum von der Gräfin Wunderhold zerfloß in sein Nichts, und die Sandalen an dem niedlichen Füßchen, die mir, selbst jetzt in dem gefährlichen Augenblicke, ein wohlwollendes Lächeln abgewannen, führten mich auf die Vermutung, daß meine Psyche-Josephine die junge Taube gewesen seyn könnte, die dem raubgierigen Geier, dem jungen Grafen in die Klauen gefallen war.

Glücklicher konnte die alte Gorm den Augenblick, mich aus meinem Verstecke zu rufen, um mich dem Wüstling gegenüber zu stellen, nicht wählen.

Mit dunkelm Flammenblitz im Auge trat ich, auf den Wink der Gräfin, aus meiner Glasthüre heraus. Eifersucht und das ritterliche Gefühl, die Rechte der gekränkten Unschuld zu verfechten, im leidenschaftlich überwallenden Herzen. Es wird, dachte ich, hier einen harten Kampf setzen; aber Muth! es gilt die Rettung einer Unschuld.

Ich will Dich, hob die Gräfin an: nicht mit den Bedienten unsers Hauses verhören, um Dich vor ihnen nicht zu beschämen; hier, dieser junge Mann, von dessen Zartgefühl ich erwarte, daß er von dem Vorfall gegen niemand Erwähnung thun werde, ist, ohne seine Schuld, Dein Ankläger geworden; er soll jetzt auch gegen Dich zeugen. Sprechen Sie! – Wenn Sie nicht in den Verdacht einer falschen, hämischen Anklage kommen wollen, von der ich keinen Grund absehe, so wiederholen Sie Ihre Aussage von dem, was Sie gestern gesehen haben, hier vor meinem Enkel.

Der Graf durchbohrte mich mit seinem wilden Blicke; ich hätte vielleicht klüger gethan, zu sagen, ich sähe nun, da ich ihm näher stehe, daß ich mich in der Person geirrt; aber das Ehrgefühl, nicht als Verläumder vor der Großmutter zu erscheinen, der Umstand, daß ich ihr vorhin die im Spiele begriffenen Bedienten ganz genau beschrieben hatte, und also jetzt meine Aussage eigentlich gar nicht mehr widerrufen konnte; und endlich die böse Empfindung, daß der Graf die süße, schuldlose Josephine in ein so sträfliches Verhältniß herabgezogen, und ihr Namen, Ehre und Tugend geraubt hatte, bestimmten mich, der Wahrheit die Ehre zu geben, und furchtlos dem Grafen in das Gesicht zu sagen, daß er die Solotänzerin, die gestern im Ballet die Psyche gewesen, zum Wagen geführt, mit ihr wahrscheinlich nach Hause gefahren, und dann zurückgekehrt sey, um die Großmutter abzuholen.

Der Graf schlug ein helles Gelächter auf, und sagte mit fröhlichem Muthe: Nun fängt mir die Sache selbst an, Spas zu machen. Jetzt ersuche ich Sie, gnädige Großmutter, die drei Leute, den Markus und die Bedienten, herein kommen zu lassen, und in meiner Gegenwart darüber zu vernehmen; aber das bedinge ich mir natürlich von Ihrer Gnade aus, daß sie sämmtlich nach dem Verhör gleich ihren Abschied bekommen; denn Sie werden selbst ermessen, daß Personen dieser Art nicht im Hause bleiben können, wenn sie gegen den Sohn im Hause artikelweise vernommen worden sind. Sie – fuhr er mit leichtem Scherz, zu mir gewendet, fort: – können Sich entweder geirrt, oder irgend eine Absicht gehabt haben, mir durch diese Plaisanterie das Höchste, was ich besitze, die Liebe meiner gnädigen Großmutter, zu entziehen. Da Sie mich nicht kennen, und da ich Ihnen nie etwas zu Leide gethan habe, so läßt sich eine solche Absicht bei Ihnen nicht voraussetzen; auch ist schon die offene Gutmüthigkeit, die in Ihrem Gesichte liegt, mir Bürge, daß Sie dieser Vermessenheit nicht fähig sind. Mithin wird wohl die ganze Geschichte, die mir, den Verdruß meiner gnädigen Großmutter abgerechnet, jetzt recht drollig vorkommt, auf einem bloßen Irrthume beruhen, zumal ich die Theaterprinzessin, deren Sie erwähnen, nie anders als auf den Bretern gesehen, auch nach ihrer nähern Bekanntschaft nicht das mindeste Verlangen habe. Sollte Sie – setzte er hinzu, und blinzelte schielend nach dem Karmin, der sich bei Berührung dieses Punktes mir über die Wangen goß, – sollte Sie vielleicht irgend ein Besorgniß um ihre vermuthlichen Rechte auf die in Rede stehende Breterkönigin hieher geführt haben, so können

Sie wenigstens die angenehme Beruhigung mitnehmen, daß von mir durchaus nichts zu fürchten ist.

Er machte mir, selbstzufrieden, die Sache auf diese Weise beseitigt zu haben, einen vornehmen Verabschiedungswink, der so viel sagte, als, du kannst nun mit deiner langen Nase abziehen, und ich ging ohne Goldstück, ohne den verheißenen werkthätigen Dank der Matrone, ohne eigentliche Gewißheit über die junge, blonde Gräfin, wie ein begossenes Hündlein zur Thüre hinaus.

Hinter mir, im Zimmer der alten Gräfin, hörte ich den Herrn Grafen noch laut lachen; vor mir, im Vorzimmer, stand das Kammermädchen und hatte alle zehn Finger ausgespreizt, und den Daumen der linken Hand an das Nasenspitzchen gesetzt, um mir, von der Länge der mir angesetzten Nase einen recht anschaulichen Begriff zu geben. Sagen Sie doch, – hob sie an, und stemmte beide Arme lachend unter, – ob Sie von Sinnen sind? oder Erscheinungen haben? oder dem Tollhause entsprangen?

Hier riß mir endlich die Geduld aus; ich schimpfte wie ein Rohrsperling und ging höchst mißmuthig nach Hause. Der höfliche Bediente stand an der Thüre und hielt die Hand auf; da ich ihm aber nichts hinein gab, knurrte er fast wie die Jungfer.

17.

Josephinens Flucht.

Wo bleibst Du so lange? rief mir Gustchen freundlich entgegen: da hat mir der Vater die Gleichung

$$X4-6x\ ^3+5X\ ^2+3x-12=0$$

aufzulösen gegeben; ich komme nicht heraus, hilf mir ein bischen.

Das ist, entgegnete ich schmerzlich: eine Aufgabe aus der Lehre von den continuirlichen Brüchen, zu der ich heute durchaus nicht aufgelegt bin. Das ganze menschliche Leben ist eine Reihe von continuirlichen Brüchen! setzte ich bitter hinzu, und fühlte, daß die Geschichte des eben verlebten Morgens auch dazu gehörte; denn mein Muth, meine Hoffnungen schienen mir auf immer und ewig gebrochen zu seyn.

Gustchen ging schmollend. Hatte ich mir die doch nun auch zum Feinde gemacht.

Ich war mit der ganzen Welt zerfallen. Mit allen Menschen hätte ich mich schlagen mögen.

Beim rechten Lichte besehen, trug ich aber, ich allein die Schuld der unangenehmen Geschichte, die mir vielleicht auf meine ganze Lebenszeit nachtheilig seyn konnte. Was ging mich Lina an? hätte ich ihr den Rosenstock nicht gekauft, hätte ich die blonde Unbekannte in der gräflich Gormischen Equipage gar nicht gesehen; hätte ich Gustchen nicht belogen; so wäre ich gar nicht in die Oper gekommen. An solchen Fäden hängt unsere Zukunft. Denn daß die Gräfin Gorm über kurz oder lang, einmal mit dem Fürsten, auf dessen Kosten ich erzogen wurde, über mich sprechen, und mich bei der Gelegenheit gewiß mit schwarzer Kreide anschreiben, und daß der Fürst mich alsdann bestimmt aufgeben werde, das stand vor meinen Augen, wie ein Regeldetri-Exemplar da.

War der Graf unschuldig, so konnte ich ihm gar nicht verdenken, wenn er einen unversöhnlichen Haß auf mich warf, denn was ich steinfremder Mensch ihm, in seinem eigenen Hause, in Gegenwart seiner Groß-Mutter, in das Gesicht sagte, war eine Beleidigung, deren Umfang sich gar nicht übersehen ließ; war er aber schuldig, so bewies die Ruhe, mit der er sich gegen mich hielt, und die Gewalt, die er über sich hatte, welchen Grad von besonnener Bosheit der junge Mensch errungen, und dann schien er um so gefährlicher. In beiden Fällen mußte ich alsdann diesen Moritz, für die Zukunft, als einen sehr nachtheiligen Gegner fürchten, der mir um so gefährlicher war, als er durch seinen Rang und durch sein Vermögen auf die ersten Stellen im Lande Anspruch hatte.

Sonderbar! in alle diese verfänglichen Verlegenheiten stürzte mich die Dankbarkeit – – o, wie der Mensch sich doch gern entschuldigt, wenn er gefehlt hat. – Ja, für die wohlwollende Absicht, mir den Verlust des Rosenstocks mit zehn Thalern zu ersetzen, hatte ich der Gräfin danken wollen; aber hinter der edeln Pflicht hatte eigentlich noch etwas anders gesteckt; ich hatte die junge blonde Gräfin von Angesicht zu Angesicht zu sehen gewünscht, und das, das war die Triebfeder gewesen, die mich in das gräflich Gormische Haus, und nun wahrscheinlich in mein Verderben drängte. – Doch, wie hing denn die Geschichte mit dem Goldstück jetzt zusammen? Ein gräflich Gormischer Bedienter sollte mir es bringen, und mich, da der Herr Professor das Geld nicht genommen, zur Gräfin selbst führen. Also mußte doch eine Gräfin Gorm zugegen seyn. Wer erklärte mir das?

Gustchen unterbrach mich in meinen tiefen Sinnen über das unerklärliche Räthsel dieser Geschichte.

Eine Hand auf ihrem Rücken, legte sie die andere vertraulich auf meine Achsel und sagte, mit weggewandtem Gesichtchen: Theodor, Du warst vorhin unfreundlich gegen mich; das ist nicht hübsch von Dir; ich kam her, um Dich darüber auszuschmälen; aber da ich Dich jetzt verdüstert sehe, so ist mir der Muth dazu vergangen. Was fehlt Dir, lieber Theodor?

Nichts, Du kleines Ding, sagte ich, durch des holden Kindes zarte Theilnahme schon wieder halb aufgeheitert.

Ach ich bin gar nicht so klein mehr, als Du Dir immer einbildest, antwortete sie mit naivem Ernste: der Vater sagt, ich wachse täglich, und alle Röcke werden mir zu kurz, aber – wirst Du mir nicht gestehen, was Du hast? Du sagst immer: munter ist die Hauptsache! so lange uns alles nach Wunsche geht, ist das keine Kunst; aber, wenn – wie soll ich sagen – wenn uns etwas in die Quere kommt, dann müssen wir den Satz wahr machen. Pfui, Theodor, solch ein trübselig Gesicht steht Dir nicht halb so hübsch als ein fröhliches; Sieh! ich habe auch ein kleines Unglück; aber, so lange man Freunde in der Welt hat, muß man nicht verzagen.

Du ein Unglück? fragte ich, meinen eignen Schmerz vergessend.

Eigentlich zwei, erwiederte sie, und holte jetzt die Hand, die sie bis dahin auf dem Rücken hielt, hervor: Sieh nur, da hat mir Lilli einen jungen Doctor gemacht, oder einen Professor, oder was es sonst seyn soll; sie brachte eine Puppe zum Vorschein, mein leibhaftes Conterfei, mir, wie aus den Augen geschnitten. – Wie Du gestern in der Oper warst, wollte ich auch ein bischen Comödie spielen, Tante Barthels hatte mir hier die Psyche geschenkt – sie holte ein äußerst niedliches Wachspüppchen, Psyche auf dem Felsen-Moos schlafend, Josephinen zum Sprechen ähnlich, hervor – nun soll der junge Herr hier vor Psychen hinknien: er war störrisch und wollte nicht; da ward ich ein bischen ungeduldig, stauchte ihn etwas derb nieder, brach ihm beide Beine in Stücken, und erschrak darüber so, daß ich unversehens der kleinen Psyche zu nahe kam und ihr hier die allerliebsten Flügelchen zerknickte. Sieht Lilli und Tante Barthels, wie ich ihren Puppen mitgespielt, so darf ich vor Schelte nicht sorgen; es heißt so immer, der Wildfang kann nichts ganz leiden; sag' mir, nicht wahr, Du heilst dem Professor die Beine, und greifst der armen kleinen Psyche unter die Arme?

Da hatte ich ja mein Prognostikon. Psyche hatte die Flügel verloren, sie kann dem Grafen nicht mehr entfliehen, und mir schlägt er die Beine entzwei! – und ich – ich soll, wie das Kind, der Flügellosen unter die Arme greifen.

Für Deinen Professor, erwiederte ich, von kaltem Frost über mein, mich vielleicht bald ereilendes Schicksal durchschauert: ist keine Hülfe mehr; laß ihm beide Beine abnehmen, sonst stirbt er am kalten Brande; und Psyche? – die ist dem unsichtbaren Dämon verfallen; der ihr die Flügel raubte; die Stunde schlägt, ich muß zum Herrn Magister Wunderlich.

Ich ging und Gustchen schmollte hinter mir, halb laut: Du wirst am Ende noch selbst ein Magister Wunderlich. Vergiß in Deinem Aerger nicht, rief sie doch, wieder gut meinend, mir nach: daß er ausgezogen ist, und seit heute auf dem Opernplatze, im Seidemannischen Hause, wohnt.

Das war recht hübsch von Gustchen, daß es mich daran erinnerte, denn ich hatte, den Kopf von ganz andern Dingen voll, wahrhaftig nicht daran gedacht, und hätte einen Weg von einer halben Stunde umsonst gemacht. Gustchen – ich fing mich fast vor der Kleinen zu schämen an – Gustchen war diesen Morgen zweimal schnöde von mir behandelt worden, und doch gut und freundlich geblieben. Das ist reine Frauenart, und schon darum sind die Frauen der Ring zwischen den Menschen und Engeln.

Ich will auch, sagte ich, durch Gustchens milden Mädchensinn weicher geworden, zu mir selbst: ich will ihrem Professor die Beine wieder curiren, und Psychen, der Unheil schaffenden, die Flügel in Ordnung bringen; das Kind ist ja am Ende das einzige Wesen, das es in dieser Welt mit mir gut meint.

Ohne auf die Stelle zu blicken, wo ich gestern Abend die niedlichsten Sandalen-Füßchen in den Wagen steigen sah, eilte ich an dem Opernhause vorbei, ging über den großen weiten Platz und fragte nach dem Seidemannschen Hause; mein Magister Wunderlich, hieß es, sollte im dritten Stocke wohnen; ich stieg also die Treppe hinan.

An der Flurthüre ist keine Klingel, ich klopfe, es hört Niemand, ich probire die Klinke, sie geht auf; ich öffne die Thüre und stehe im Vorsaal.

Drei Stubenthüren erschwerten mir die Wahl, ich klopfte leise an die nächste. Im Zimmer ward gesprochen; ich hörte weibliche Stimmen; mein Magister Wunderlich konnte hier nicht wohnen, denn der finstre Hagestolz lebte, wie die katholische Geistlichkeit seit Gregor dem Siebenten, im strengsten Coelibate; indessen ließ sich hoffentlich die Wohnung des Gesuchten hier erfragen; ich klopfte daher noch ein Mal, und da ich wieder nicht gehört wurde, öffnete ich leise die Thüre.

Eine jugendlich schöne Gestalt, leicht gehüllt in ein dünnes, verrätherisches Phantasie-Gewand, das eben dem blendenden Nacken entfiel, flüchtete mit einem kleinen Schrei in das Nebenzimmer; vor

der Thüre noch wendete die Fliehende sich um und ich erkannte –
Josephinen. Ein Kammermädchen folgte ihr unter lautem Lachen.

18.

Der Freund

Vielleicht hätte ich umkehren und gehen sollen; aber ich wußte ja immer noch nicht, wo der Magister Wunderlich wohnte; diese hier, als seine Hausgenossinnen, konnten mir bestimmt darüber Nachricht geben, also blieb ich; ich hätte auch keinen Schritt gehen können, ich zitterte vor Schreck oder vor Freude im Geheimsten meines Innern, als schüttle mich ein nie gekanntes Fieber. Diesmal irrte ich mich sicher nicht; es war gewiß Josephine, ich gesehen hatte; unter dem prachtvollen Spiegel standen die Sandalen von gestern; über der Stuhllehne hing der schwarzseidene, weiche Mantel, sammt den türkischen Shawls und Tüchern; auf dem Tischchen lag der verführerische, keine drei Loth wiegende Anzug der Psyche, und auf der Toilette prangten die niedlichen Flügel. Die Blumen im Fenster, die wohlriechenden Salben, Wasser und Oele im Nachttische, der Potpouri in der Onyx-Vase unter dem deckenhohen Spiegel, – alles duftete so lieblich, – ich stand wie angezaubert; kein Mensch hätte mich hier weggebracht.

Josephine war der unschuldvolle Engel, für den ich sie vom Anfange an gehalten hatte; weder der geflügelte Drache, noch Amor, noch Zephyr hatten ihr diesen Schmuck der Jugend geraubt; auch war Josephine – die verdammten Sandalen veranlaßten einzig und allein jene falsche Vermuthung, – nicht die, mit welcher der Herr Graf Gorm gestern nach Hause fuhr. Das alles folgerte ich mir aus dem einzigen kleinen Schrei. Ein Mädchen, das sich jedem Drachen, jedem Abendwinde und jedem Grafen Preis giebt, schreit nicht so auf, wenn es bei der Toilette von einem jungen Menschen überrascht wird, der just auch nicht dem Vogel Greif oder dem Boreas[4] ähnelte, oder wie ein Bettler aussah.

Das Kammermädchen kam nach einigen Minuten zurück, und bat mich, nur einen Augenblick zu verziehen, ihre Herrin werde

---

[4] Bekanntlich bildeten die Griechen den größten Antagonisten des Zephyrs, den Nordwind, mit Schneeflocken auf dem Bart und den Flügeln ab. Statt der Füße gaben sie ihm Schlangen-Schwänze, und mit dem Schweife rührte er Schloßen und Hagel auf.

gleich erscheinen; sie hätte zur nächsten Oper ein neues Kostüm bekommen und dies anprobiren wollen, als ich eben unvermuthet eingetreten wäre.

Mir war bei allen dem so wunderlich zu Muthe, daß ich meinen guten Magister Wunderlich, sammt seiner Stunde, rein vergaß, und dem Kammermädchen mit wirklich recht wunderlichem Behagen zusah, wie es alle die bunten, weichen, leichten, balsamisch duften-den Flitter- und Flattersachen wegräumte, mich auf der Ottomane Platz zu nehmen ersuchte, und auf das mit Lyren, Köchern und Pfeilen und Blumen geschmackvoll bronzirte Mahagony-Tischchen, ein Porzelain-Dejeuné setzte, dessen sich die allergnädigste Lan-desmutter nicht hätte schämen dürfen. Die Rinde des Maha-gonyholzes von den caraibischen Inseln soll vorzüglich gegen Wechselfieber gut seyn. Ich hätte mir gleich an dem Tischchen mei-ne Portion abschaben mögen, denn mein Zustand in dem traulichen Winkelchen der elastischen Ottomane war dem höchsten Paroxis-mus des Wechselfiebers gleich; mir ward bald warm bald kalt zu Sinne, und als das Mädchen jetzt die Dielen aus voller Hand mit köllnischem Wasser besprengte, von dem ich bisher nur immer bei zustoßenden Unpäßlichkeiten einige Tröpfchen auf Zucker nehmen sah, und mir die Prachtbände im Bücherschränkchen, die kostbaren Gemälde und Kupferstiche an den Wänden, und der herrliche Wie-ner Flügel in die Augen fielen, da erhielt ich von der Lebens-Glückseligkeit einer Solotänzerin und von Josephinens unermeßli-chem Reichthum einen herzerhebenden Begriff.

Endlich kam die Holdselige selbst. Ein sehr eleganter, schneewei-ßer Morgenanzug umschloß züchtig die anmuthige Gestalt; der Kopf war mit Blumen und Flechten geschmückt; sie grüßte mich wie einen alten Bekannten; sprach über ihre ersten Tanzstunden bei Hrn. Viktorieux, wo sie mich kennen gelernt hätte; erwähnte la-chend der lustigen Geschichte mit dem Juden und dem Rosensto-cke, hatte mich gestern beim Einsteigen in den Wagen am Opern-hause bemerkt und fragte: was ihr das Vergnügen meines Besuchs verschaffe?

Auf die letzte Frage blieb ich ihr die Antwort schuldig, denn mir stand der Verstand stille.

Da war ja das ganze Räthsel gelöst, und der Graf auf einmal entlarvt. Das liebliche Mädchen, ich konnte gar nicht von ihm wegsehen, seit jener Tanzstunde war sie stärker, voller geworden, das Haar hatte mehr gedunkelt, und das veilchenblaue Auge mehr Feuer, mehr Sprache bekommen; vom kleinen Fuß bis zur üppigen Achsel war in diesem schönen Körper Lust und Leben, Ebenmaß und Grazie, Kraft und Frische, und mehr, denn das alles, war die Gutmüthigkeit werth die dem Mädchen aus dem Herzen sprach, und alles, alles das – ich sah es jetzt klar und deutlich, – durfte der gräfliche Taugenichts sein nennen.

Auf meine Frage, wie sie gestern und früher, bei der Geschichte des Rosenstocks, zu dem Gormischen Wagen gekommen? entgegnete sie ganz unbefangen, daß der junge Graf ihr Freund sey. An jenem Morgen, als ich ihr mit dem Juden so viel zu lachen gemacht, sey dessen Großmutter, die alte Gräfin, nicht in der Stadt gewesen; sie habe daher bei dem Enkel gefrühstückt und er sie zu Hause fahren lassen; und Abends, wenn sie im Theater zu thun habe, sey es in der Regel, daß er sie nach Hause bringe, und dann die Großmutter abhole; diese wisse natürlich davon nichts, auch müsse es vor der ahnenstolzen, aufgeblasenen Frau verheimlicht werden, die den Sohn wie einen Unmündigen behandle.

Ahnenstolz! entgegnete ich, durch ihre vertrauliche Geschwätzigkeit wieder zu Odem gekommen: Sie nennen die Alte ahnenstolz; glauben Sie denn, mein Himmelskind, daß eine andere Großmutter dies Verhältniß billigen würde? Glauben Sie denn, daß der Graf selbst seine Ahnen vergessen möchte und vergessen dürfte, wenn Sie verlangten, daß er das Band, das er für den Augenblick geknüpft hat, für die Dauer schürzen solle?

Komisch genug, antwortete sie, und senkte das erröthete Gesicht auf den Busen nieder: sehr komisch, daß *Sie* mich das fragen, und daß ich Ihnen, den Steinfremden, darauf antworten soll; aber es ist mir, als spräche ich mit einem alten Jugendbekannten, wenn ich Sie sehe, und daß Sie es gut mit mir meinen, höre ich aus Ihrer Frage. Sie scheinen, fuhr sie verlegen lächelnd fort, und schenkte mir eine Tasse Kaffee ein: mit dem Theaterleben noch nicht bekannt zu seyn. Ein junges Mädchen, das ganz allein steht, kann ohne Freund sich nicht halten; sie kommt sonst in tausend Unannehmlichkeiten, und bei der Schlechtigkeit der Männer, die einer Schauspielerin, und vornehmlich einer Tänzerin, alle mögliche Erbärmlichkeiten zumuthen, hat sie fast täglich Anträge zu befürchten, die nur den Verworfensten unsers Geschlechts annehmbar seyn können. Schämte ich mich nicht vor mir selber, ich könnte Ihnen in allen lebenden Sprachen von Männern der ersten Stände, allerlei Glaubens und Alters, Billetts zeigen, in denen ich zu Verbindungen aufgemuntert werde, die ein schamhaftes Mädchen verabscheut. Meine Gestalt, die Blüthe der Jugend regt die Wüstlinge zu einer Dreistigkeit an, die keine Rücksicht auf den sichern Verlust meiner Achtung und des Vertrauens nimmt, das sie mir abverlangen. Am zudringlichsten sind die, welche durch Alter, Rang und Ansehen das meiste im Volke gelten, und, um diese Gültigkeit zu behaupten, ihren Ruf mit der strengsten Aufmerksamkeit bewahren sollten. Gebe ich ihren ehrlosen Anträgen kein Gehör, so ist das nicht Tugend, nicht Unschuld von mir, denn eine züchtige Mime ist in den Augen dieses vornehmen Abschaums ein Unding; blos wegen anderer Verbindungen ähnlicher Art weise ich, ihrem Wahne nach, das angebotene Glück von der Hand, und kann der, mit dem sie mich verbunden glauben, ihnen, nach ihren flachen Ansichten, nicht durch gleichen Rang und durch gleiches Vermögen die Spitze bieten, so bleibt nichts unversucht, ihn durch die niedrigsten Kabalen zu verdrängen. Wie manche Ehrenfrau, wie manches unbescholtene Mädchen ist für das unbedeutendste Versehen auf der Bühne, oft selbst auch ohne alle Veranlassung dieser Art, blos weil sie solchem sündhaften Pöbel der höheren Stände auswich, von diesen und seinen Söldlingen öffentlich verhöhnt, ausgepocht, mit faulen Aepfeln beworfen, mit Phosphorus bespritzt und auf Bubenart beschimpft worden. Entschuldigen Sie mich nun, wenn ich, der Taube am rundumwölkten Himmel gleich, nach Schutz und Hülfe trachtete.

Ich ergriff die Lilienhand der Holden und küßte sie schweigend, als wolle ich das Weh vergüten, das ich ihr vorhin mit der unzeitigen Frage gethan; aber es fielen aus der veilchenblauen Tiefe ihres seelenvollen Auges, auf den weißumhüllten jungfräulichen Busen, zwei große Thränen, die ich auch gern weggeküßt hätte.

Wohl konnte ich mir in den weichen Polstern der Ottomane, an der Seite dieses süßen Solomädchens, recht lebhaft denken, mit welcher Anwendung sich hier *Cicero de amicitia* lesen lassen müsse;

allein von dem eigentlichen Verhältnisse zwischen der Freundin und dem Freunde hatte ich doch noch keinen ganz klaren Begriff; nur so viel meinte ich im verworrenen Dunkel meiner vorläufigen Ansichten, daß man auch ohne beides im Stande seyn könne, ihr schützender Freund zu werden. Ein Paar kräftige Arme, glaubte ich, sollten Gold und Rang aufwiegen, und jeden in Respekt halten, der sich der Unbescholtenen in unziemlicher Absicht nähere.

Wohl darf man dem Grafen Gorm vertrauen! fing ich an, um etwas Näheres über ihn zu erfahren, dann ihr zu erzählen, wie abscheulich er sie verläugnet, und endlich, wenn ich ihn so in den Hintergrund geschoben, mich an seinen neidenswerthen, von ihm nicht verdienten Platz zu stellen. –

Der Graf Gorm, fiel sie mir in das Wort: ist ein sehr edler Mann; ohne ihn stände ich ganz allein in der Welt; ich darf ihn, im reinsten Sinne des Worts, meinen Freund nennen. Nicht weil er Graf ist, – das bleibt selbst in seinem Auge Zufall, – nicht, weil er mit seiner verschwenderischen Freigebigkeit jedem, auch dem entferntesten meiner Wünsche begegnet, und nur in meinem Glücke das seinige findet, achte und ehre ich ihn; sondern weil er für die tausend Gefälligkeiten, durch die er täglich sich mir verpflichtet, auch noch nicht eine von mir verlangt hat, die das schuldlose Mädchen dem schuldlosen Manne nicht gewähren könnte. In seiner Seele ist kein unzarter Gedanke, in seinem Herzen kein unkeusches Gefühl; – doch, setzte sie, sich selbst belächelnd, sanft hinzu, und stand auf: ich schreite über die Grenze des Schicklichen, wenn ich, Ihnen fremd, im Lobe dessen zu warm werde, der mir das Liebste auf dieser Erde ist. Nehmen Sie das, was ich über ihn sprach, für nichts als für die lauterste Dankbarkeit. Diese soll ja eine Tugend seyn; – nein, das ist sie nicht; danken und denken, – es ist ja fast *ein* Laut; ich müßte nicht Mensch seyn, ich müßte nicht denken können, wenn ich nicht erkenntlich wäre. Er ist mir alles; mein Beschützer, mein Lehrer, mein Rathgeber, mein Bruder, mein Freund! – Ich höre ihn eben kommen!

Die Außenthüre rauschte auf.

Mir war wie einer Maus, welcher die Katze über den Hals kommt, und die das Schlupfloch nicht zu finden weiß. Traf der Graf mich hier, so – Gustchen hatte mir ja alles geweissagt, so schlug er mir die Beine entzwei. –

Es wird dem Herrn Grafen vielleicht unlieb seyn, mich hier zu finden, sagte ich, leise erbebend, und sah mich nach einem Ausweg um.

Warum das? entgegnete die Reine mit ruhigem Lächeln: er kennt Sie ja schon; ich erzählte ihm die Geschichte Ihres Unglücks mit dem Rosenstocke, und er übernahm es damals, Sie für Ihre Einbuße –

19.

Die Hornstunde

Der Graf riß in diesem Augenblicke die Thüre auf, und hatte einen fröhlichen guten Morgen auf der Zunge, als er mich gewahrte.

Er prallte mit einem lustigen: was der Teufel! drei Schritte zurück. Josephine stellte mich ihm – meinen Namen wußte sie selbst noch nicht – als den jungen Mann vor, dem sie den Rosenstock überfahren habe, und ich machte, das fühlte ich, ein Schaafgesicht.

Du ihm den Rosenstock? sagte er lachend zu Josephine; – wir sind quitt – er raubte mir, bei einem Haare, Dich, mein ganzes Leben! Nun sagen Sie mir um Gotteswillen, Sie Unglückskind! Wer sind Sie? welcher Beelzebub führte Sie heute in unser Haus? und was wollen Sie hier? hier, bei Josephinen?

Die letzte Frage schien ihm die dringendste zu seyn, daher beantwortete ich sie zuerst, und versicherte, hier eigentlich nichts als den Magister Wunderlich gesucht zu haben; Josephine und der Graf lachten laut; jenem schien ich von diesem Augenblicke an nicht mehr gefährlich, und das ärgerte mich ein bischen. Eigentlich hätte ich ihn gern zu wüthender Eifersucht entflammt, da er mich doch am Morgen bis zur Verzweiflung trieb. Auf die erste Frage nannte ich ihm meinen Namen, und auf die zweite erzählte ich, ohne der eigentlich gesuchten jungen Gräfin Gorm zu gedenken, daß ich mich bei der Frau Großmutter für die angebotene Entschädigung, wegen des verlornen Rosenstocks, habe bedanken wollen, und den Zusammenhang des heutigen Auftrittes nur durch die Erörterung begreife, die mir Josephine eben mitgetheilt habe.

Der Graf eröffnete nun Josephinen die Scene des heutigen Morgens mit einer Laune, die mich über mich selbst lachen machte; Josephine stimmte bei und konnte der Verlegenheiten kein Ende finden, die ihm und ihr zu Haus und Hof gekommen wären, wenn der Graf sich nicht mit ungeheuerer Dreistigkeit herausgelogen hätte.

Verkennen Sie mich nicht, sagte er jetzt zu mir gewendet, ernster und mit kindlicher Achtung: daß ich, meiner Großmutter gegenüber, die Wahrheit umging; aber ich konnte nicht anders; ihre Ruhe, meine Liebe, Josephinens Glück standen auf dem Spiel. Meine Großmutter ist eine herrliche Frau, nur – halten Sie das dem Zeitalter, in dem sie geboren ward, und den Vorurtheilen ihrer Erziehung zu gut – nur in einem Punkte sind wir verschiedener Meinung. Wüßte sie, daß ich Josephinen gut wäre, sie grämte sich zu Tode; ich könnte mit den verrufensten Frauen und Mädchen unseres Standes in den zweideutigsten Verhältnissen stehen, sie würde das übersehen, sie würde sich vielleicht sogar im Stillen über das Glück ihres Enkels bei den Damen freuen; aber von dem Himmelsgenuß, dies Mädchen mein zu nennen, hat sie keine Idee. Josephine ist bürgerlicher Abkunft, in ihren Augen ein Unglück; sie ist beim Theater, in ihren Augen ein Verbrechen. Unser vornehmes Gesindel bildet sich ein, etwas recht Artiges zu sagen, wenn es von Theater-Prinzessinnen spricht; um nun mein armes Großmütterchen, das durch Ihre verteufelte Anzeige schon ganz irre an mir ward, wieder in die rechte Bahn zu bringen, mußte ich schon in das Horn blasen, das sie in ihren gesellschaftlichen Kreisen zu hören gewohnt ist, und so habe ich heute auf Dich, meine englische Josephine, recht wacker geschimpft. – Aber Du hast mir noch keinen Morgenkuß gegeben, mein zuckersüßes Kind!

Guten Morgen, Moritz, sagte Josephine, schlang die schönen Schwanenarme um den Grafen, und drückte ihm die frischen Granatlippen so eifrig auf den Mund, daß es mich dringend anfocht, ein Gleiches zu thun, und ich am Ende wegsehen mußte, um nicht Herzweh zu bekommen.

In meinem Exemplar vom Cicero über die Freundschaft stand freilich von derlei Morgenküssen keine Silbe, und mein Glaube an die Unverfälschtheit dieses Freundschaft-Verhältnisses wollte in mir etwas schwankend werden; indessen konnte ich mir nicht läugnen, daß ich in des ganzen weiten Welt nichts hübschers gewußt, und nichts mehr gewünscht hätte, als auch eine solche Freundin zu haben, mich alle Morgen, in einem so niedlich geschmückten Stübchen, von solch einem blüthenweißen Himmelskinde umfangen, und von solchen schwellenden Purpurlippen küssen zu lassen.

Höchst überraschend war es mir in diesem Augenblicke, daß Josephine nach dieser, mir bis in das Mark und Bein gedrungenen

Begebenheit, an ihr Bücherschränkchen ging, ein in schwarzen Korduan gebundenes, und mit dem Titel: *Marezolls Predigten*, versehenes Buch holte, und zum Grafen, auf das Buch zeigend, sagte: Du hast doch Zeit, mein Moritz?

Gleich, Engelskind, versetzte der Graf, zog das weiche, lilienzarte Mädchen an sich, und küßte es auf das fromme, klare Veilchenauge und auf die rosige Wange, daß mir vor Sehnsucht und innerem Grimm, nicht das Nämliche thun zu dürfen, die fünf Sinne fast gänzlich vergingen.

Deine italienische Uebersetzung von gestern will ich auch sehen, und Deine Zeichnung; aber erst müssen wir mit dem jungen Freunde hier in Ordnung kommen. Sie haben mir heute einen bösen Tag gemacht, dafür sollen Sie mir einen Gefallen thun. Haben Sie Lust, das Horn zu blasen?

Das Horn? fragte ich verwundert: in das Ihre vielleicht?

I nun? meinte er lächelnd: es ist halb und halb der Fall. Doch im Ernst; Sie müssen das Horn lernen, ich kann Ihnen nicht helfen; und das für mich. Das Horn ist ein herrliches Instrument; Agrikola, Jomelli, Gluck haben in ihren Composicionen Wunderdinge damit gemacht; doch zur Sache: Der Zufall hat Sie nun einmal in mein Geheimniß eingeweiht, also darf und muß ich mit Ihnen ein Wort im Vertrauen reden. Durch Ihre heutige verdammte Plauderei ist meine gute Großmutter auf die Möglichkeit, daß ich mit Josephinen doch in einer Art von Verbindung stehen könnte, aufmerksam gemacht. Erführe sie nur im Allerentferntesten eine Bestätigung ihres Verdachts, so bewirkte sie durch ihren Einfluß und durch ihr Gold, daß Josephine keinen Tag länger in der Stadt bleiben dürfte. Bei ihrem Argwohn muß ich vermuthen, daß sie mich und meine Gänge beobachten läßt. Josephine muß heute noch ihre Wohnung wechseln. Dies kleine Haus wird nur von wenigen Familien bewohnt; Sieht der, dem es aufgetragen ist, meine Schritte zu bewachen, mich hier oft aus- und eingehen, so erfährt man den Augenblick, wem ich zuspreche. Ich machte daher eine Wohnung im Howardschen Hause ausfindig; das mußt Du miethen, meine Fina; drei Stuben wunderhübsch eingerichtet; in dem Gebäude ist ein Durchgang, vom Opernplatz auf die Herrenstraße, und im Hintergrunde wohnt der Kammermusikus Schalloch, unser beßter Hornist; nun äußerte ich jetzt bereits gegen die Großmutter, das ich große Lust habe, das Horn zu lernen, aber, um ihr in den ersten Anfangstunden die Ohren nicht zu zerreißen, den Unterricht bei dem Lehrer im Hause nehmen wolle. Jetzt also, Freund, gehen sie zu Herrn Schalloch, geben Sie sich bei diesem für mich aus; ich habe mich bei ihm schon vorläufig melden lassen; Sie treffen ihn jetzt zu Hause; besprechen Sie täglich um eilf Uhr eine Stunde für sich, und blasen Sie, was das Zeug hält. Für das Honorar stehe ich; und während dem Sie im Hintergebäude mit Ihrem Schalloch dudeldeien, will ich mir schon, bei meiner kleinen Josephine, Entschädigung für den langen, faden Tag holen, den ich dem Leben in unsern herz- und gemüthlosen Zirkeln opfern muß. Nun können zehne hinter mir drein kommen und aufpassen: die Hälfte muß denken, ich habe das Haus zum Durchgange gewählt, und der Rest, ich sey in meine Lehrstunde gegangen.

Die Hornstunde wird mir wohl Spaß machen, sagte ich lachend, und freute mich im Ernst darüber, denn schon beim Kunstpfeifer in Blaurode hatte ich oft aus eigener Liebhaberei geblasen, daß alle Hunde der Stadt zusammenliefen, und meinen Maestoso-Versuchen jämmerlich beistimmten; allein warum soll ich unter Ihrem Namen mich beim Kammermusikus einführen?

Das ist unerläßlich, entgegnete der Graf: Ihr Lehrer hat monatlich über das gezahlte Honorar zu quittiren; diese Empfangscheine lege ich jedesmal meiner Großmutter vor, dann hat sie schwarz auf weiß und keinen Zweifel. Kaufen Sie sich ein Paar der allerschönsten Inventions-Hörner – er gab mir zwanzig Pistolen – und künftig sprechen Sie nicht über Sachen, die Sie nichts angehen. – Noch Eins – wo wohnen Sie?

Sichtlich entfärbte sich, zu meinem Befremden, Josephine, als ich erzählte, daß ich auf Kosten des gütigen Fürsten, bei meinem Herrn Professor im Hause erzogen werde. Der Graf aber rief mir, beim Lebewohl nach: Vergessen Sie den Hornisten nicht, und schlang lachend beide Arme um sein Mädchen.

Die Stunde, die ich beim Herrn Magister Wunderlich hätte zubringen sollen, war verstrichen; verloren war sie nicht, ich hatte wahrhaftig mehr darin gelernt, als mein guter Magister mich hätte lehren können.

20.

Selbstbetrachtungen.

Mich um das nicht zu bekümmern, was mich nichts angehe, war eine goldene Regel; aber wenn etwa der Graf hätte einen Vorwurf darein legen wollen, so verwahrte ich mich bei mir selbst protestando dagegen; hatte ich mich doch um seine Liebesgeschichte platterdings nicht bekümmert; war ich doch, ganz ohne mein Zuthun, mit ihm und Josephinen und der ehrlichen Großmama in Berührung gekommen. Jetzt erst fing ich im Ernste an, mich über das alles, und besonders über Josephinens Schicksal, im eigentlichsten Sinne, zu *bekümmern*.

Ich fühlte mit ängstlicher Beklommenheit, daß ich nicht Welt- und Menschenkenntniß genug hatte, um bestimmt zu übersehen, ob das Verhältniß zwischen dem Grafen und Josephinen wirklich so rein sey, als sie es schilderte. Der Graf war mir in seinem Hause, bei dem Auftritte mit der Großmutter, unausstehlich vorgekommen; seine dreisten Lügen machten ihn mir dort furchtbar. Hier hatte er mir – nicht eben gefallen; denn daran, daß er mit den wonnigen Mädchen meines Herzens auf Du und Du stand, daß er es alle Augenblicke in die Arme nahm und küßte, konnte ich, mit dem gelbsüchtigsten Brodneid in der Brust, just keinen sonderlichen Gefallen finden; aber es erbaute mich doch, daß er an ihrer Seite die Zirkel seiner Hofwelt vergaß; daß er sie, wie ich aus Josephinens Aeußerungen abnahm, gegen jede Unbill kräftig schützte und mit dem Ueberfiuß seines Vermögens ihr tausend Annehmlichkeiten zu verschaffen suchte; daß er für die Ausbildung ihres Geistes und ihrer Kenntnisse sorgte, und selbst Betstunden mit ihr hielt. Sein Benehmen gegen die Großmutter war und blieb unredlich; er betrog und belog sie. Hatten ihre Pantoffeln, die ich, statt der gehofften Sandalen, im Vorzimmer fand, ihre wattirte Gascogner Kapuze und ihr hochmüthiges Faltenantlitz auch nicht viel Anziehendes; sie war doch immer seine Großmutter, der er, nach meinen dörflichen Begriffen vom vierten Gebote, kindlichen Gehorsam und kindliches Vertrauen schuldig war. Aber freilich, wenn ich mich an seine Stelle setzte, ich glaube, daß – daß es mir auch sehr schwer, vielleicht unmöglich geworden wäre, um ihrer beschränkten Ansichten und um ihrer eingefleischten Vorurtheile willen, den Besitz einer Josephine aufzuopfern. Ich mochte den Grafen von seiner Seite betrachten, von welcher ich wollte, überall fand ich so viel für als wider ihn. War er das, wofür ihn Josephine hielt oder vielmehr ausgab, so erschien er als ein reiner Engel, mit einigen kleinen Flecken, im Bezug auf die Pflichten gegen die lange Großmutter;, war er das nicht, so konnte er nur der schwärzeste Teufel seyn.

Und Josephine – was wollte ihr Entfärben. sagen, als ich erzählte, daß der Fürst mich erziehen lasse, und als ich ihr meinen Herrn Professor nannte? Stand sie in irgend einem Verhältniß zu – ich wollte kein Majestätsverbrechen begehen, darum dachte ich in meiner Unschuld den Gedanken nicht aus; oder hatte mein Herr Professor *ex errore calculi* irgend einen Theil an ihr? – – Wir löste mir die Räthsel? Es kam mir vor, als segle ich zwischen Calofaro und La Rema, der Scylla und Charybdis der Alten, ohne Steuer und Lootsen; denn ich schwankte mitten inne zwischen dem Fürsten, der alten Gräfin, Josephinen, ihrem Moritz und meinem Herrn Professor! Wer hielt mich in diesem gefährlichen Meerstrudel! ich fühlte schon, wie das Schifflein meiner Lebensglückseligkeit bei der ersten beßten Gelegenheit in den Abgrund werde hinabgeschleudert werden, und sah aus diesen rings mich umgebenden Klippen nirgends einen Ausweg.

Die Schloßglocke schlug eilf; ich legte beide Hände mir auf die Brust, sagte, mich ermuthigend: vorwärts! und stand vor der Thüre des Herrn Kammermusikus Schalloch.

Im Wahne, den gemeldeten Grafen Gorm zu empfangen, überhäufte mich der Virtuos mit Höflichkeiten und Complimenten. Ich habe mich immer bemüht, den Glücksgütern, die ich nicht besitze, die Kehrseite abzugewinnen, um meine Lüsternheit danach zu dämpfen, und dadurch die Zufriedenheit mit dem, was mir der liebe Gott beschieden, zu begründen. Eine solche Kehrseite für Personen von höherer Geburt ist unter andern auch die, daß sie selten die Leute gewöhnlicher Herkunft, mit denen sie zu thun haben, so kennen lernen als diese wirklich sind. Vor dem Höheren bückt sich jeder so tief, daß dieser ihm kaum in das Gesicht sehen kann; vor ihm erscheint jeder im Festkleide; vor ihm spricht jeder in gesuchten ihm nicht eignen Worten; vor ihm will jeder besser scheinen, als er wirklich ist; daher werden die Großen in der Regel immer mehr hintergangen und betrogen als die Kleinen; daher erfahren die Großen selten die Wahrheit, und lernen selten die Welt und die Menschen kennen; am wenigsten glückt es ihnen, die guten herauszufinden, weil diese die Kunst des Vordrängens nicht verstehen, und sich lieber bescheiden zurückziehen. Das alles fiel mir jetzt, meinem neuen Hornlehrer gegenüber, nicht ein; daher berühre ich es auch nur beiläufig. Hier war mir nur hauptsächlich darum zu thun, im möglichsten Incognito zu bleiben. Die Unbesonnenheit, unter dem Namen des Grafen Gorm aufzutreten, war einmal begangen; um ihr indessen keine mir nachtheiligen Folgen zu lassen, bedung ich mir vom Herrn Schalloch aus, daß er von meinem Unterricht keinen Menschen sage; ich wolle, wendete ich vor, einige Freunde und Verwandte mit meinem Hornblasen überraschen, daher solle und dürfe er niemand davon unterrichten, auch sey dies die Ursache, daß ich hier bei ihm, und nicht in meinem Hause Stunden nehme, weil ich dort die Besuche der Meinen zu fürchten habe.

O, wie glatt dem Menschen doch die Lüge von der Zunge geht, wenn er die Wahrheit einmal umgangen hat.

Der Unterricht begann. Der Herr Kammermusikus entschuldigte die Gegenwart der zwei kleinen Kinder mit dem beschränkten Raume. Die Rangen saßen nämlich vor einem schwarzen Tiegel und frühstückten Griesbrei. Ich versicherte mit ziemlich gräflicher Herablassung, daß dies nichts zu bedeuten habe, daß ich vielmehr ein Kinderfreund sey, und die Anwesenheit der lieben Kleinen mich nicht im mindesten stören werde.

Der glückliche Vater reichte mir darauf ein ächtes *Corno di Caccia*; ich setzte an, und der knechtisch gesinnte Künstler pries mein Abouché, meinen Ton und meine Manier, als sey ich der erste Meister, und doch blies ich so grauenvoll, daß ich mir selbst hätte die Ohren zuhalten mögen; die beiden kleinen Schallöchelchen krähten auf, und so führten wir ein Terzettchen aus, daß ich fürchtete, die ganze christliche Nachbarschaft werde auf der Stelle den Katzenjammer bekommen.

Zu Hause sagte ich natürlich von meinen Hornversuchen kein Wort. Ich wollte, meinte ich, zur Entschuldigung meines Heimlichthuns, gegen mich selbst, meinen Freunden eine heimliche Freude machen. Im Sommer bewohnten wir vor dem Thore ein Gartenhaus. Konnte ich mich aus meinem Instrumente ordentlich hören lassen, dann wollte ich schon einen Begleiter ausfindig machen, und dann sollte Lina und Gustchen wohl Freude haben, wenn ich ihnen, bei stillen Abenden, im Freien ihre Leibstückchen vorbliese.

*

Hier nehme ich mir die Freiheit, einen Abschnitt in der Mittheilung meiner Lebensgeschichte zu machen; den zweiten Theil, denke ich, in kurzem liefern zu können.

Begegnet Dir, freundlicher Leser, bis dahin, ein junger, schuldloser und mit der Welt so unerfahrner Mensch, als ich es in dieser Periode war, so nimm Dich seiner wohlwollend an; suche sein Vertrauen Dir zu gewinnen, und halte ihn, daß er nicht strauchle. Die schönsten Blüthen unserer jungen Männerwelt werden oft taub, d. h. sie bringen keine Früchte, weil wir sie nicht pflegen. Eltern, deren Söhne das Vaterhaus verlassen, können keinen dringendern Wunsch haben, als daß der Himmel diesen gute Menschen, wohlmeinende, berathende Freunde auf den langen Lebensweg mitgeben möge. Die beßten Schutzgeister dieser Art sind sittliche Frauen und Mädchen. Mir wurden es Lina und Gustchen.

Über tredition

Eigenes Buch veröffentlichen

tredition wurde 2006 in Hamburg gegründet und hat seither mehrere tausend Buchtitel veröffentlicht. Autoren veröffentlichen in wenigen leichten Schritten gedruckte Bücher, e-Books und audio-Books. tredition hat das Ziel, die beste und fairste Veröffentlichungsmöglichkeit für Autoren zu bieten.

tredition wurde mit der Erkenntnis gegründet, dass nur etwa jedes 200. bei Verlagen eingereichte Manuskript veröffentlicht wird. Dabei hat jedes Buch seinen Markt, also seine Leser. tredition sorgt dafür, dass für jedes Buch die Leserschaft auch erreicht wird.

Im einzigartigen Literatur-Netzwerk von tredition bieten zahlreiche Literatur-Partner (das sind Lektoren, Übersetzer, Hörbuchsprecher und Illustratoren) ihre Dienstleistung an, um Manuskripte zu verbessern oder die Vielfalt zu erhöhen. Autoren vereinbaren direkt mit den Literatur-Partnern die Konditionen ihrer Zusammenarbeit und partizipieren gemeinsam am Erfolg des Buches.

Das gesamte Verlagsprogramm von tredition ist bei allen stationären Buchhandlungen und Online-Buchhändlern wie z. B. Amazon erhältlich. e-Books stehen bei den führenden Online-Portalen (z. B. iBookstore von Apple oder Kindle von Amazon) zum Verkauf.

Einfach leicht ein Buch veröffentlichen: **www.tredition.de**

Eigene Buchreihe oder eigenen Verlag gründen

Seit 2009 bietet tredition sein Verlagskonzept auch als sogenanntes "White-Label" an. Das bedeutet, dass andere Unternehmen, Institutionen und Personen risikofrei und unkompliziert selbst zum Herausgeber von Büchern und Buchreihen unter eigener Marke werden können. tredition übernimmt dabei das komplette Herstellungs- und Distributionsrisiko.

Zahlreiche Zeitschriften-, Zeitungs- und Buchverlage, Universitäten, Forschungseinrichtungen u.v.m. nutzen diese Dienstleistung von tredition, um unter eigener Marke ohne Risiko Bücher zu verlegen.

Alle Informationen im Internet: **www.tredition.de/fuer-verlage**

tredition wurde mit mehreren Innovationspreisen ausgezeichnet, u. a. mit dem Webfuture Award und dem Innovationspreis der Buch Digitale.

tredition ist Mitglied im Börsenverein des Deutschen Buchhandels.

Dieses Werk elektronisch lesen

Dieses Werk ist Teil der Gutenberg-DE Edition DVD. Diese enthält das komplette Archiv des Projekt Gutenberg-DE. Die DVD ist im Internet erhältlich auf **http://gutenbergshop.abc.de**

Zeitfracht Medien GmbH
Ferdinand-Jühlke-Straße 7
99095 Erfurt, Deutschland
produktsicherheit@kolibri360.de